# Kurze Geschichten

*von*
*Ekkehard Krüger*

Inhalt:

## 1. *Vorwort*

Die Geschichten sind in den Jahren 2020 - 22 entstanden. Die Pandemie und der Krieg in Europa sind wesentliche Themen, aber auch alltägliches. Jeder reibt sich an der Gegenwart kommt in dieser Interaktion besser (hoffentlich) mit den Unverschämtheiten des Alltags klar.
Ich wünsche dem Leser ein wenig Kurzweil und Träumen, Fantasieren, Nachdenken.

Es gibt auch nette Nebensächlichkeiten. Die 48 jährige Amerikanerin Jennifer Garner pflegt mit ihren Kindern den Ja- Tag. (Das plaudert eine Illustrierte im Arzt- Warteraum). Sie erfüllt einmal im Jahr jeden Wunsch der Kinder, sagt immer ja. Die Süßigkeiten sind frei, Zähne putzen wird vergessen. Keine Kommentare. Das ist eine nette Tradition. Sie bringt mich auf die Idee, einen Tag lang zu allem Ja zu sagen. Was passiert, wenn ich ständig ja sage? Oder wenn ich durch Schweigen den anderen in dem Glauben lasse, er habe Recht. Ich muß mich nicht streiten, jeder ist zufrieden, ich habe meine Ruhe. Wenn keine Termine festgelegt werden ist eh alles relativ. Und morgen kann ich sagen: "Was schert mich mein Geschwätz von gestern. Ich habe neue Erkenntnisse."

Ich sitze ruhig in der Küche. Meine Tochter kommt herein. "Geht's gut? - Ja. - Du wolltest noch abwaschen? - Ja. - Kannst du anschließend meine Arbeit durchsehen? - Ja. - Es ist doch nichts wichtiges daneben? - Ja. - Kann ich sie so abgeben? - Ja. - Hast du noch was vor. - Ja. - Das Wetter wird wieder heißer. - Ja. - … " Ein Ja passt immer. Und der andere ist zufrieden.

Es geht die Tür auf, ein Freund kommt zu Besuch. In der Zeitung vor mir lese ich über ein Schiffsunglück vor Sri Lanka. Ein Containerschiff zerbrach auf seichtem Grund vor der Küste. Plastikgranulat, Chemikalien u.a. verschmutzen die Gegend. Natürlich wird über den Wahrheitsgehalt der Nachricht diskutiert. Das in der Zeitung ist die offizielle Darstellung, stimmt das alles? Oder sind das Filmaufnahmen von vor drei Jahren, oder ist es ein anderer Ort, oder ist es nur eine Havarieübung? Welchen Standpunkt kann ich ableiten? Ich bin selbst nicht vor Ort. Wo sind die Originalquellen? Wie ist die Glaubwürdigkeit der Daten einzuschätzen? Welches politische Interesse gibt es? Ich bin gutgläubig und attestiere der Nachricht einen hohen Wahrheitsgehalt. Ich sage Ja zu der Information. Warum sollte in dem Falle getrickst werden?

Eine neue Unterbrechung. Mein Sohn steckt den Kopf zur Tür hinein. "Hast du schon von Müller gehört? - Ja. -  Die Maßnahmen werden immer undurchsichtiger. - Ja. - Und Giffey eiert nur 'rum. - Ja. - Spahn verläuft sich in blindem Aktionismus. - Ja. - Der kann eh nichts machen. - Ja. - Der Bundestag ist ein großer Haufen, genauso wie die damals die Volkskammer. - Ja. - Reiche gab's in der DDR auch. - Ja. -  Es ist gutes Badewetter. - Ja. - Ich fahr dann mal wieder. - Ja. - … " Es ist schön, daß ein Ja beruhigend wirkt.

Nach der kurzen Unterbrechung weist mich mein Freund auf den Prozeß zu dem Unglück einer Passagiermaschine hin. Im Jahre 2014 wurde das Flugzeug über der Ukraine mit einer Rakete abgeschossen. Sehr viele Tote, u.a. aus den Niederlanden. Was ist damals passiert? Im Gespräch kommen viele Argumente. Was ist für mich glaubwürdig? Ich merke, er hat eine spezielle Meinung zu dem Thema. Um mir Stress zu ersparen bleibe ich beim Ja. "Die Russen sind Schuld. - Ja. - Das ist doch immer noch Kriegsgebiet. - Ja. - Hast du was anderes gehört? - Ja. - Das kann man alles sowieso nicht glauben. - Ja. - Das ist ja blöd. - Ja. - Hast du bessere Infos? - Ja. - Was soll sonst passiert sein? - Ja. - Willst du mich veräppeln? - Ja. - So kann man nicht reden. - Ja."

Ich denke an Albert Einstein. "Ein Gespräch, in dem alle die gleiche Meinung haben ist verlorene Zeit." So kann man es auch sehen. Oder ein Gespräch wird ad adsurdum geführt. Oder der andere spürt, daß nicht alles stimmt. Wer hat Recht, wenn Argumente im Gespräch nicht bedacht werden, wenn sie nicht als richtige Einschätzung erwogen werden? Welchen Wert hat das Gespräch dann? Wir haben halt mal darüber geredet. Das Ja hat Frieden gestiftet.

An dem Ja-Tag heißt es, den Mund zu halten, den anderen ausreden zu lassen, die Worte nachhallen und wirken zu lassen. Der schnelle Spruch: "Die sind ja alle blöd!" klingt mit einer langen Pause ziemlich komisch. Mit alle bin ja auch ich gemeint.

Ein Ja hilft bei vielen nervigen Gesprächen. Der Chef ist so ein Besserwisser und will alles anders haben. Er will meine guten Ideen nicht wirklich hören, er hat sein Wunschszenario im Kopf. Das Ja ist notwendig.

Ein Ja spiegelt Sätze und Fragen ohne eine Erklärung. Der Gesprächsball wird zurückgeworfen. Einfach nur Zustimmung. Wie weit die reicht bleibt unklar. Das Ja ist verdächtig. Ausnahmen sind Situationen vor Gericht, dem Standesamt, vor einer Operation. Dort ist ein Standpunkt gefragt, nicht beiläufige Gesprächsbeteiligung. Ein Nein ist nicht so hilfreich. Es provoziert Widerspruch. Ich muß mich erklären. Mit einem Ja kann ich meine Meinung verstecken. Ich kann in Gedanken den Adressaten wechseln und mich selbst ansprechen. Stimmt die Aussage des anderen? Das muß der aber nicht wissen.

In den letzten Tagen vor der Wahl in Sachsen-Anhalt bemerkte der Ostbeauftragte Marco Wanderwitz, daß 31 Jahre nach der Wende viele Menschen im Osten noch nicht in der Demokratie angekommen sind. Seiner Meinung nach wurden sie Diktatur sozialisiert. Talkshows beschäftigen sich mit dem Thema: Gibt es eine weitere Spaltung Ost-West. Die AfD ruft nach einem Westbeauftragten. Wie groß ist die Spaltung Nord-Süd?

Das Verständnis für das langsame Zusammenwachsen in Deutschland ist unterschiedlich vorhanden. Vielleicht kann ein Ja-Tag etwas weiterhelfen. Er schadet auf jeden Fall nicht. Einfach nur den Bürgern in den östlichen Bundesländern zuhören und Ja sagen. Dem Ostbeauftragten ist das allemal zu raten. Bevor Unsinniges aus dem Mund kommt.

Wenn am Lebensende der Gevatter vorbeikommt können wir natürlich groß ausholen. Das wird ihn nicht stören, er ist geduldig. Ein einfaches Ja reicht ihm. Er braucht keine langen Begründungen. Spätestens dann ist ein Ja-Tag angebracht.

Ich schaue aus dem Fenster und beobachte die Amseln. Sie sitzen in dem Kirschbaum vor dem Fenster und jagen Kirschen. Sie hüpfen von Ast zu Ast, warten, visieren an und stoßen dann blitzartig zu. Mit der Kirsche im Schnabel fliegen sie auf die Wiese und zerpicken die reife Frucht. Es sieht wie ein Festagsschmaus aus.

Gestern Abend sahen wir eine Talkshow. Nach 15 Monaten FFP2 ein neues Thema. Die Klimaentwicklung ist in Wirklichkeit ein altes Thema, die Flutkatastrophe hat es nach oben gespült. Der Moderator hat sich mit Frauen umgeben. Jede ist sehr klug und kann alles erklären. Jede hat natürlich Recht. Fridays for future, die Jüngste beginnt. Sehr sachlich und rhetorisch brilliant zeigt sie auf die Wissenschaft. Für sie ist die Wissenschaft unangreifbar, in göttlichen Höhen. Wie könnt ihr nur so dumm sein und nicht zu folgen? Neben ihr sitzt eine junge, fantastisch aussehende intelligente Frau. Die Junge Union für Klimaziele ist ihre Heimat. Sie verteidigt die Politik. Es gibt doch Programme, Absichtserklärungen, wegweisende Ziele. Es aber bleibt alles irgendwie nebulös. Ich sehe eine Waschküche vor mir. Drinnen ist alles voller Wasserdampf, ich kann nur ein paar Zentimeter weit sehen. Jemand schubst mich von hinten mit guten Ratschlägen. Geh doch, es wird schon gut. Der Moderator gibt das Wort weiter an die grauhaarige Institutsleiterin. Alles ist lange bekannt, alles ist komplex. Jetzt kommt es auf die richtigen Schlußfolgerungen an. Fridays hakt ein. Wir sind an einem Kipppunkt. Die Ökosysteme kippen.

Mir kommen Zahlen in den Kopf. Bei dem täglichen Rundgang am Strand scheint es, es gibt mehr Menschen als Insekten. Die Menschenmasse kippt zugunsten der Insektenmasse. Die Institusleiterin hat noch das Wort. Die Veränderung der Systeme ist notwendig. Die Infrastruktur muss umgebaut werden. Windräder, Stromtrassen, Sonnenpanele, grüner Wasserstoff. Es hört sich weit weg an.

Jedes Jahr nehme ich in den Urlaub Bücher mit. Diesmal sind wir in Baabe an der Ostsee. Lesen + faulenzen = Erholung. Es sind zwei Bücher von Ferdinand von Schirach dabei, "Strafe" und "Kaffee und Zigaretten". Er beschreibt sensibel Gerichtsfälle. In einer Geschichte rächt sich eine Frau an ihrem gefühllosen Mann. In einer anderen wird durch einen winzigen Verfahrensfehler ein Verbrecher nicht verurteilt. In einer dritten verhindert ein spät erkanntes Indiz ein Fehlurteil. Das Rechtssystem kann brutal ungerecht erscheinen. Ferdinand von Schirach erzeugt eine samtgrüne melancholische Atmosphäre. Er enthüllt ungerechte Schattenseiten. Das grellweiße Licht der Realität entzaubert die Schattenseiten.

Die Talkshow ist in voller Fahrt. Der Moderator verbeißt sich in ein Argument. Er stellt zwei Formulierungen des Kanzlerkandidaten in den Raum. Sie sind scheinbar gegensätzlich und widersinnig. Keiner tappt in die Falle. Die Mutter mit zwei Kindern meldet sich. Sozialpolitisch läuft alles falsch. Die Kleinen bezahlen für die Veränderungen, es ist ungerecht. Der Moderator bringt neue Fakten in die Klimadebatte. Er verliest die Zahlen des aktuellen grünen Stroms. Statt 46% wie oft behauptet sind es nur 20%. Es werden heute 260 Terrawattstunden grüner Strom erzeugt, der Strombedarf im Jahre 2035 wird auf über 2000 Terrawattstunden geschätzt. Wo kommen die her? Ratlose Blicke. Die weißhaarige Ökonomin ergreift das Wort. Alles muß ausbalanciert werden. Es muß auch Beschränkungen geben. Der Ressourcenverbrauch der Erde ist viel zu hoch. Wenn wir heute in drastische Maßnahmen einsteigen stürzt die Wirtschaft ab und Morgen ist kein Geld da. Das Junge-Union-Mädchen pocht auf die guten Aussagen der Regierung. Das wird schon.

Der Moderator schaut kampfeslustig. Er provoziert jeden, er will konkrete Maßnahmen hören. Was bringen Kürzungen beim Zweitauto, den Flugreisen, den Kreuzfahrtschiffen, Tempo 130, Weltraumflügen, Militär, Forschung, Kohlefeuerung? Es gibt zig Ansatzpunkte. Selbst will er keine vorbringen, das würde ihn zum Angriffspunkt machen. Nicht mal eine einfache Zustandsbeschreibung versucht er. Die Ökonomin hebt die Hand. Wenn Deutschland den Rundumschlag macht, freuen sich die Nachbarländer. Die Wettbewerbsfähigkeit der Industrie sinkt. Verbote und Steuern sind ein sensibles Thema. Der Preis einer Tonne $CO_2$ soll angehoben werden. Aber wer von den Leuten kauft sich schon eine Tonne $CO_2$ im Supermarkt? Dann der Handel mit Derivaten. Irgendwie undurchsichtig. Das Thema Subventionen taucht nicht auf. Das würde alles noch komplizierter machen. Die Institutsleiterin sagt, man muß die Leute mitnehmen. Ohne Konsens gibt es zu große Widerstände. Aber wohin mitnehmen? Die Leute werden aufgescheucht, auf Trab gebracht. Was sind die nächsten Schritte? Die Politiker stochern in Allgemeinplätzen. Es ist wie Büromikado. Wer zuerst konkrete Maßnahmen fordert und damit die Bürger belastet fällt um, wird zerrissen, hat verloren. Dabei wissen alle, daß sich etwas ändern muß.

Die Amseln im Baum sind hartnäckig. Stundenlang sitzen sie in den Zweigen. Sie fliegen in die Wiese und wieder zurück. Der Himmel hat sich zugezogen. Solange kein Regen stört fressen sie weiter.


Die Talkshow nähert sich dem Ende. Die Zwickmühle der Frauen ist offensichtlich. Wenn eine Gruppe im Sumpf steht und jeder auf seinem Weg nach draußen beharrt bleiben alle durch die Stricke der Argumente gefesselt und ungewollt stehen. Bogdown.
Der Moderator stellt keine allgemeingültigen Lösungen vor. Fragen müssen offen bleiben. Nächste Woche ist die nächste Talkshow.

Der Ruck mit der Flut war nicht groß genug. Der KB-Faktor ist
noch zu niedrig, es werden noch viele Shows folgen.

Um halb acht verschwinden die Amseln aus dem Kirschbaum. Sie
fliegen schlafen. Ferdinand von Schirach schreibt in seinem Buch:
Auch ohne die Begabung glücklich zu sein gibt es eine Pflicht zu
leben. Dieser melancholischen Leere kann man nichts
entgegensetzen. Er verweist noch auf Helmut Schmidt. Das
Großartige an Helmut Schmidt: das alles habe ihn nicht interessiert.
So kann man es auch sehen.

*Schnuppen*

Was ist der Sinn? - So eine dumme Frage. Diese Frage zieht sich seit Anbeginn durch die Zeit. Sie ist zu schwer. Wie nähere ich mich dieser Frage?
A  Ich frage mich selbst.
B  Ich frage viele. Viele fragen mich.
C  Ich frage den nächsten.
Er erzählt von dem Mond und den Sternen, von Vater und Mutter, gut und böse. Das will ich nicht wissen. Ich suche in Folianten. Tiefe Gedanken. Was bringt mir das?

Die Natur ist da, ist real. Ich gehe in den Wald, umarme einen Baum und frage ihn: Warum bist du da? - keine Antwort. Wenn ich mir selbst die Frage stelle, beginnt das Grübeln. Gedanken kreisen, drehen sich scheinbar unendlich, ohne befriedigende Antwort. Thomas von Aquin hat mal gesagt: Wenn ich allein bin, weiß ich es. Wenn ich gefragt werde, weiß ich es nicht.

Im August blitzen viele Sternschnuppen. Die Perseiden ziehen durchs All. Im November sind es die Leoniden. Die Leute schauen die Schnuppen gern, Wünsche sollen in Erfüllung gehen. Sie sehen unbewußt ihr eigenes Leben. Sie schauen in den schwarzen Nachthimmel – und sehen nichts. Dann eine helle Sternschnuppe. Etwas kratzt an der schwarzen Oberfläche des Himmels. War der kurze Blitz, das Kratzen sinnlos? Diese Wertung geschieht nur im Geäst der eigenen Hirnwindungen. Vielleicht.
Vielleicht ist der Sinn des Lebens, daß man sich nach vierzig Jahren erinnern kann und diese Zeitspanne begreifen kann.

Du wirst sowieso als Unkrautpflanze wiedergeboren.
Du kannst wenigstens bestimmen, wann du zu Staub zerfällst.
Auf dem Weg vom Niederen zum Höheren bist du gerade eine
Stufe hinuntergefallen.
Warum mußt du dich mit solchen saublöden Fragen beschäftigen?
Alles muß man alleine machen.

Es gibt schon Überraschungen. Ich sitze auf einer Parkbank in der Sonne. Ein Freund kommt vorbei und setzt sich neben mich. Nach einer Weile des Schweigens sagt er: "Stell dir vor, du bist zufrieden mit dir und der Welt und du hast einen Arzttermin. Irgendwie schleicht sich Unsicherheit in die Gedanken." - "Dann stelle ich mir halt nichts vor. Ich bin ein Fatalist, ich gehe einfach nur hin" entgegne ich. "Aber das Vorstellen ist schon eine vielschichtige Sache" fahre ich fort. "Stell dir vor, du hast einen Zauberstab und kannst dir alle Wünsche erfüllen." -  "An ihren Wünschen sollt ihr sie erkennen" zitiert der Freund einen Spruch. "Welche Wünsche hast du denn?" - Nachdenken. Ich drehe mich zu Franz Kafka um. Stell dir vor, du bist ein Käfer.
1912 schrieb er die Geschichte "Die Verwandlung". Ein Handlungsreisender wacht morgens auf und ist ein Käfer. Er wundert sich, wie er mit den vielen Beinen aus dem Bett kommen soll und wie die Tür geöffnet werden kann. Er bekommt ein völlig neues Bild von der Welt. Er schaut als Insekt auf die Menschen. Was für große Schuhe latschen durchs Zimmer? Ständig Erdbeben. Stell dir vor, du bist eine Fliege. Mit deinen Facettenaugen hast du eine tolle räumliche Sicht. Aber du vergisst sehr schnell. War da vorhin eine Fensterscheibe?
Das Vorstellen, die Imagination kann sehr verschieden sein. Eine Variante ist, ich stelle mir die Welt so vor, wie ich sie haben will. Was mir nicht gefällt wird ignoriert, ist falsch, passt nicht. Ein Schauspieler kann sich vorstellen, Rollen gut abbilden. Er kann die Vorstellung im Film erzeugen, er ist der gute Held.
Stell dir vor, du bist allmächtig. Träumen ist eine schöne Sache. Auf Engelsschwingen fliegen wir ein Stück in die Zukunft, die vielleicht eine wird oder keine wird. Das Träumen gebiert Hoffnung

und Zuversicht. Ich hebe den Blick und schaue in eine bestimmte Richtung. "I have a dream" wurde 1963 ein großer Ausspruch. 1990 nach der Wende hing an dem Giebel des Nachbarhauses in Friedrichshain ein Plakat mit der Aufschrift "Think big".

Stellen Sie sich vor, Sie sind für das ganze Projekt voll verantwortlich. - Welches Projekt? - Na Ihres.

Stell dir vor es gibt einen Schalter. Einen großen Kippschalter mit glatten Flächen. Du legst ihn um und die Wirklichkeit verschwimmt, verschwindet. Du hast Superkräfte, du kannst dich überall hinein- und hinauskatapultieren. Du denkst einen Wunsch – und er wird real. Du kannst solange bleiben wie du willst. Der Morgen legt den Schalter wieder um. Aber du kennst den Schalter, kannst ihn bedienen. Du tanzt auf den Wellen und bekommst die Gischt nicht ins Gesicht. Träume sind Schäume.

Und dann bist du wirklich im falschen Film. Stell dir vor, du bist in Gefahr und merkst es nicht. Du siehst die Anzeichen der Gefahr einfach nicht. Stell dir vor, du bist tot und weißt es nicht. Die Beine, der Körper bewegen sich noch automatisch, doch das Hirn hat schon den Notaus gedrückt. Vielleicht will dein Geist in einen neuen Körper und steckt im alten fest.

Stell dir vor, du bist klug und hälst dich für blöd. Unterschätzung kommt genauso oft vor wie Überschätzung. Du mußt dich ausprobieren, testen. Deine Klugheit kannst du nur selbst entdecken und beweisen.

Stell dir vor, du kannst dich ändern und willst es nicht. Der innere Schweinehund kann sehr groß sein. Er ist ein treuer Begleiter.

Stell dir vor vor, du bist reich und weißt es nicht. - Du bist reich.

Das flimmernde Fenster zeigt eine Berliner Abendschau. Es wird über eine Party am Landwehrkanal berichtet. 4000 junge Leute feiern, um 01.00 Uhr wird die Party wegen nächtlicher Ruhestörung von der Polizei aufgelöst. Die Jugendlichen suchen daraufhin in der warmen Sommernacht die nächste Party. Sie wollen die Zeit anhalten, die Jugend festhalten. Ich denke an Amy Winehouse, Jimmi Hendrix, Curt Cobain. Welchen Begriff der Zeit haben die jungen Leute? Verwechseln sie Zeit mit Geschwindigkeit oder Beschleunigung?

Was ist die Zeit? Sie ist in der Wahrnehmung nur das Fahren bis zum Stoppschild. Dabei ist die Zeit unabhängig von uns, von der Straße, dem Stoppschild. Die Zeit ist ein menschliches Konstrukt, über das sich trefflich streiten läßt. Sie kann ein Stein sein, der vom Fernseher zermahlen wird. Sie kann eine Flüssigkeit sein, deren Fließgeschwindigkeit von der eigenen Stimmung abhängt. Sie kann gasförmig sein, flüchtig, nicht zu greifen oder festzuhalten. Sie kann eine Fliege sein, die man mit Alkohol verscheuchen kann. Sie kann ein Museumsstück sein, das mit einem Buch konserviert wurde. Eine Verkörperung der Zeit ist die Uhr. Die Uhr ist das Hackmesser, das den Tag schreddert.

Die Zeit wird oft ins Verhältnis gesetzt mit der Lautstärke, seltener mit Temperaturen, mit heiß oder kalt. In der Stille vergeht die Zeit langsamer, bei Krach schneller. In der Hektik fühle ich Hitze, das Herz schlägt schneller. In der tonlosen Nacht fühle ich Kühle, höre mein Herz schlagen. Der Friedhof ist eine Gefriertruhe der Zeit. Hier kondensiert sie, wird zu Eis oder Stein. Am Lebensende, wenn einer umgefallen und tot ist, wenn er am Stoppschild angekommen ist, dann  sollten wir nicht sagen: er ist gestorben. Er ist aus der Zeit gefallen.

Im Urlaub an der Ostsee begann ich ein Buch zu lesen, das sich mit der Bedeutung und der Schwere von Worten beschäftigt. In der Story mäandert der Autor in der Zeit. Ein paar Zitate: ".. es gibt die Zeit des Gefängnispersonals, sie gehört zur Zeit draußen. Drinnen ist die Zeit dickflüssig und langsam … an diesem Abend vergaß er über die Arbeit die Zeit … es ist mir gelungen, meine innere, ganz eigene Zeit zu leben und mich vom Diktat der Uhrzeit zu lösen … die indische Lehre sagt, daß bei sich selbst sein ein Überwinden der Zeit ist und daß die Zeit pure Illusion ist …als hätte das Verschwinden des Gebäudes einen gewaltigen Ruck in der Zeit bewirkt … die Zeit war auf einmal kein äußerlicher Zustand mehr. Es war umgekehrt, die Zeit entsprang aus seinen Sätzen, seine Worte schufen sie. Solange er las war es, als wäre er der Schöpfer und Herr der Zeit …

Es ist wichtig, von welchem Punkt des Zeitstrahles eine Geschichte erzählt wird. Der Autor nimmt in dem Buch oft Bezug auf einen Punkt vor dem Stoppschild. Mit diesem Trick kann er das Phänomen Zeit besser beschreiben. Alles wirkt eindringlicher.


Was hat nun die Zeit mit Vorsprung zu tun? Was heißt Vorsprung? Räumlich gesehen kann es ein Mauervorsprung sein oder eine Landzunge im Meer. Im Wettkampf bedeutet es, ein Stück voraus zu sein. Im übertragenen Sinne gibt es einen Vorsprung an Wissen. Ich kann die Sprache, kenne die Theorie und komme damit besser zurecht. Es gibt ihn in der Werbung. Audi flötet: Vorsprung durch Technik. Überredungskünste.

Im zeitlichen Sinne heißt Vorsprung, ich bin schon ein bißchen weiter in der Zukunft, habe vielleicht graue Haare. Ein Zeitvorsprung vor der nächsten Generation. Vorsprung ist die Lebenszeit, die man schon mehr absolviert hat. Der Schauspieler Herbert Köfer hatte einen großen Vorsprung, er wurde 100 Jahre alt. Doch welchen Vorsprung hatte er konkret? Er konnte mehr

Erlebnisse, mehr Erfahrungen sammeln. Er konnte damit im täglichen Leben besser entscheiden.

Entscheidung: entscheide ich oder das Leben? Gilt mein Wunsch oder der fremde Zwang, den das Leben hervorbringt? Das Leben ist eine Metapher für eine überwölbende Idee. Mein Wunsch gegen die Idee. Die Idee ist gerichtet, wie ein Vektor, der einen Wert und einen Richtungspfeil hat. Über die Richtung bin ich mir allerdings bei den vielen Atavismen nicht klar. Ist mein Wunsch gerichtet? Worin liegt der Vorsprung? Der Vorsprung liegt in der Klarheit des Bewußtseins dessen, was ich will.

Die Zeit ist unwirklich, unfassbar, willkürlich gesetzt. Die Zeit ist ein Korsett oder ein Umhang, den der Mensch den natürlichen Vorgängen umhängt. Sie ist für viele ein Kleid wie im Märchen "des Kaisers neue Kleider". Sie kann plötzlich nicht vorhanden sein, der Moment steht nackt da. Die Physik bzw. die Relativitätstheorie erklärt, daß in einem starken Gravitationsfeld die Zeit langsamer vergeht. Das ist logisch. In einer wichtigen Behörde laufen die Prozesse auch langsamer ab und dauern länger. Ernsthaft gesehen ist die Zeit keine feste Größe. Sie wird durch Masse und Bewegung verändert.

Die Partysuchenden am Landwehrkanal versuchen den Vorsprung aufzuholen. Ich habe immer noch einen Vorsprung. Es ist wie im Hindernislauf. Ich bin froh, so gut durchgekommen zu sein. Will ich den Vorsprung aufgeben? Ich bin schneller am Ziel. Einen Vorsprung haben ist schön.

*Ich geh mit meiner Laterne*

In meiner Schulzeit war ich im Chor. Ich konnte ganz gut singen, es machte Spaß. Einige meiner Mitschüler hatten kein gutes Ohr für Melodien bzw. konnten die Töne nicht halten. Das Vorsingen im Musikunterricht war eine Katastrophe. Wirklich? Das Wort Katastrophe heißt nur Wendung bzw. Verheerung. Es wird mit den Worten Unglücksereignis oder Schadensfall in Zusammenhang gebracht. So schlecht war das singen damals nun auch wieder nicht. Im August jährt sich die Explosion von Beirut. Der Hafen ist in die Luft geflogen, über 200 Menschen starben. Das war eine Katastrophe. Heute gibt es täglich Katastrophen. Aktuell die Lage in Afghanistan. Die Berichterstattung ist m.E. einseitig. Es werden überall menschliche Tragödien gezeigt. Die Taliban übernehmen das Land. Die afghanische Armee ergab sich fast kampflos, die Akzeptanz und der Rückhalt der Taliban im Lande sind überraschend stark. Die Frage, was die Ziele des Westens in Afghanistan waren, wird nicht gestellt. Der Westen hat das Land gespalten und damit zerrüttet. Allein die USA gaben jährlich über 100 Milliarden Dollar für ihr Engagement dort aus, die Bundesregierung über 600 Millionen. 40% des BIP von Afghanistan wurde von ausländischen Hilfsorganisationen, Militär u.ä. erbracht. Die Krokodilstränen ob der Veränderungen sind echt und waren vorhersehbar. Es wurden tausende Menschen korrumpiert, es entstanden hunderte Kaktusblüten. Wohin sollte der künstliche Erhalt der Regierung und der westlichen afghanischen Welt führen? Wenn sich die breite Bevölkerung nicht gegen die religiösen Fundamentalisten wehrt und sich für die Regierung einsetzt, welche Argumente haben wir dann? Die Taliban werden wie Alien beschrieben. Sie sind i.d.R. einfache Muslime, die für die Souveränität ihres Landes kämpfen, in einem Befreiungskrieg. Die westlichen Militärs geben zu, in 20 Jahren die Kultur des Landes

nicht verstanden zu haben. Wollen die Afghanen die westliche
Demokratie? Wie ist das Meinungsbild der breiten Masse? Wenn
jetzt tausende afghanische Migranten zu uns kommen, verstehen
wir deren Kultur? Die Berichterstatung ist eine Katastrophe bzw.
schizophren.

Wir sind die Guten. Ihr sollt uns kennenlernen. Diese Aussage
strahlt in mehreren Farben, gut wie bedrohlich. Der Westen geht mit
seiner Laterne missionieren. Die Welt soll genesen. An welchem
Wesen? Am europäischen, dem amerikanischen, dem chinesischen,
dem russischen? Die alten weißen Männer schreiben
Strategiepapiere zusammen, kleben überall das Terrorismuszeichen
hin. Sie haben nur eine Blickrichtung, westlich zentriert. Ist die
richtig?


Der Klimawandel ist in aller Munde. Eine Einigung zu konkreten
Maßnahmen ist weit weg. Das Filibustern hat Konjunktur. Die
Behandlung des Themas ist schizophren.

Die Flutkatastrophe in NRW zerstörte viele Häuser.
Entscheidungen für den Wiederaufbau sollen schnell getroffen
werden. Wo darf nicht mehr gebaut werden? Politiker weichen
diesen Entscheidungen aus. Es ist schizophren, alles zu bedauern,
30 Milliarden Wiederaufbauhilfe zu beschließen und die
Entscheidungen über Baubeschränkungen wegzuschieben.

Atommüll liegt an vielen Orten in Deutschland. Ein Endlager soll
im eigenen Land gefunden werden. Nachdem Gorleben scheiterte
begann 2017 die Suche nach neuen Standorten. Bis 2031 soll eine
Empfehlung abgegeben werden. Dies ist fraglich, da sich die
Parteien streiten. Es ist schizophren, die Verantwortung in die
Zukunft zu schieben.


Jeder erwartet schnell eine kluge Antwort oder Lösung. Die gibt es
nicht. Eine Lösung ist schwer und kann nur mit dem Wissen vor Ort
entstehen. Ignoranz, Schweigen, Ablenkung, Entscheidungen am

grünen Tisch treffen oder in die Zukunft schieben sind kontraproduktiv. Viele Darstellungen und Vorschläge sind schizophren. Es sollten keine Schuldzuweisungen ob vergangener Dinge vordergründig sein. Auch kluge Sprüche wie: "Wer es jetzt nicht begreift, dem ist nicht zu helfen" führen zu Stillstand. Bezüglich des Klimaschutzes ist ein Vorschlag, begrenzte Gewalt durch die Klimaschützer einzusetzen. Die Luxusverschmutzungen sollen bekämpft werden. Die Schizophrenie "Ich bin für den Kampf gegen den Klimawandel, mein Zweitauto, die Reisen rund um die Welt, alle zwei Jahre ein neues Handy, shopping queen brauche ich trotzdem" soll offengelegt werden.

Wir sind im Zeitalter der Diskussionen angekommen. Alles wird zerredet. Wir sind auch im Zeitalter der Tabuthemen. Warum wird der Zusammenhang Klimawandel – Entwicklung der Bevölkerungszahl marginal dargestellt? Sind 10 -15 Milliarden Menschen auf der Erde natürlich? Warum gilt immer noch das Mantra des ewigen Wachstums? Warum werden Stoffkreisläufe nur in Elfenbeintürmen diskutiert und nicht in jedem Produktionsbetrieb? Warum wird das Konsumdenken nicht stärker hinterfragt?
Wir können alles erklären, die 1,5°C und später die 2°C Erwärmung. Solange das Baruther Urstromtal noch trocken ist geht's noch.

Was muß passieren? Das Erschreckende ist, mir fällt keine Katastrophe ein, die groß genug ist, die notwendigen Veränderungen zu bewirken. Das wäre mal eine Quizfrage im TV. Welche Katastrophe hätten Sie denn gern? Bei welcher Katastrophe gibt es den notwendigen Roman-Herzog-Ruck in Deutschland?

Ich geh mit meiner Laterne, und meine Laterne mit mir. Da oben leuchten die Sterne ... wie lange noch?

## *Der Gebrauchwagen*

Ich muß mir ein neues Auto kaufen denkt er. Das alte wird klapprig. Ich muß mich auf Gebrauchtwagenplätzen umsehen. Die Beurteilung von gebrauchten Gegenständen ist subjektiv. Er geht gern auf Trödelmärkte. Eigentlich ist dort der ganze Platz voll von Schrott denkt er beim Schlendern. Die Leute wissen nichts mit ihrer Zeit anzufangen, also stellen sie sich mit beliebigem Krempel auf den Markt. Sie wollen mit anderen fachsimpeln, alte Geschichten erzählen. Doch es hängen natürlich Erinnerungen an jedem Stück. Die Erinnerungen machen den Wert aus.

Jetzt geht es also auf Gebrauchtwagenmärkte. Für ihn sind die Neuen alle überteuert. Woran erkennt man einen guten Gebrauchten? Kilometerstand, Rostflecken, Karosserieschäden, ausgeschlagene Radlager, blinde Windschutzscheiben. Und was kostet der? Wie wird der Wert von einem gebrauchten Auto ermittelt? Als sie das letzte Mal ein neues Fahrzeug suchten, hatten er mit seiner Frau auch viele Händler abgeklappert. Viele wollten mit nostalgischen oder modischen Argumenten hohe Preise schmackhaft machen. Doch am Ende wurde es eine funktionale und optische Entscheidung, die sie rational vertreten konnten. Jetzt stehen sie wieder an diesem Punkt. Die Unsicherheit beim Autokauf ist immer der wirkliche Verschleißzustand der Kiste. Wir können ja die Durchschnittswerte zu Rate ziehen dachten sie. Einmal sind sie dabei hereingefallen, das Auto verheimlichte ihnen zu viele Mängel.

Er sitzt beim Arzt. Das Knie schmerzt. Die Blase drückt oft. "Sie sind doch noch ganz gut in Schuß" sagt der Arzt nach der ersten Inspektion. "Ihre Wehwehchen sind normale Alterserscheinungen." Der Arzt klärt ihn über den zeitlichen Verschleiß des Körpers auf. In seinem Job hatte er keine schwere körperliche Tätigkeit auszuführen. Jetzt kurz vor der Rente läßt er einen gründlichen

Check machen. Die Bandscheiben und Gelenke sind abgenutzt.
Ohren und Augen lasssen nach. Das Herz ist zu schnell. Über den
Kopf will er nichts wissen. Einen kognitiven Test lehnt er ab.
Weniger Alkohol sollte er trinken sagt der Arzt. Eigentlich sollte
ich mir einen neuen gebrauchten Körper kaufen denkt er. Wie lange
hält der alte noch durch?

  Er steht wieder beim Autohändler. "Wie lange wollen Sie den
denn noch fahren?" fragt der Händler. Sehr viele geben mit 80 den
Führerschein ab. Es wird zu gefährlich. Wie lange macht das
Autofahren noch Spaß? Er hat von einem Taxifahrer in Japan
gelesen, der mit 90 immer noch am Flughafen Tokyo-Haneda steht
und Touristen kutschiert. Die Orientierung beim Fahren übernimmt
der Bordcomputer. Die Reaktionszeit ist etwas länger. Der Japaner
fühlt sich noch sicher, sollen die anderen hupen. Der Arzt hat ihm
noch keine Altersdemenz diagnostiziert. Er selbst würde wegen des
Geldes nicht mehr fahren.
  Es ist schwer, Geist und Körper in Balance zu halten. Die meisten
Leute fühlen sich im Alter geistig mindestens 30 Jahre jünger. Udo
Jürgens ist mit 80 plötzlich gestorben. Er ging in den Wald
spazieren, wollte vielleicht waldbaden, und fiel um. Stopp. Er
plante eine neue Tournee als ob er 50 wäre. Man muß seinen
Verschleißzustand realistisch einschätzen. Er versucht Frieden mit
seinem Körper zu machen. Im Urlaub am Strand hört er die
Brunftschreie der Jugendlichen. Er sieht die Blickfängerkörper. Die
Jugend ist schön. Er ist schon ein ganzes Stück entfernt. Für heute
Abend wird er nur alkoholfreies Bier kaufen. Er will noch eine
Weile Kreuzworträtsel und Sudoku lösen, er braucht seinen Kopf
und Körper noch.

  Mit dem Gebrauchtwagen sind sie noch nicht weiter. Jeder spricht
jetzt über Elektrofahrzeuge. Selbst Hybridfahrzeuge werden schal
beäugt. Es sollen schon über eine Million Elektro- und

Hybridfahrzeuge zugelassen sein. Er steht auf alte Benziner. Die Übergangszeit für die alten Verbrenner wird noch lange dauern, ist er überzeugt. Die Alten werden noch gebraucht, die halten durch.

 Er schaut mit seiner Frau gelegentlich das TV-Format "Bares für Rares". Vieles scheint abgekartet, halt TV. Doch die Idee, daß fremde Menschen einen alten Gegenstand intensiv betrachten und taxieren, findet er gut. Leute steigern für einen Gebrauchtgegenstand. Wieviel würde sein Körper bringen? Der Materialwert ist unbedeutend, aber der ideelle Wert umso höher. Er kann viele Geschichten erzählen.

 Eine Auktion funktioniert nicht, vielleicht speeddating oder first dates. Wieviel würde er selbst für seinen Körper auf den Tisch legen? Der Arzt bescheinigt ihm einen guten Verschleißzustand. Er muß das Urteil annehmen. Vor 20 Jahren ging er noch regelmäßig Botox spritzen. Jede Woche zweimal ins Fitnessstudio. Er hatte fast einen Waschbrettbauch antrainiert. Doch die Falten wurden langsam tiefer. Ist der Körper ein Kerker? Er hat den Spruch seines Freundes im Ohr: Aus dem Körper kommst du lebend nicht mehr raus.

Er entscheidet sich für einen Ford Mustang V8 Baujahr 66. Sieht aus wie auf einer Spielkarte, mit der er als Kind gespielt hat. Es soll noch mal richtig  krachen mit 200 PS. Als er vom Hof fährt fragt er sich, wie sich der Ford Mustang wohl fühle. Da sitzt ein Fahrer am Steuer und grinst zufrieden. Ein schönes Gefühl, sich nochmal jung zu fühlen und Leistung zu zeigen mit einem Oldtimer. Ich stehe zu meinen Dellen, Macken und Schwächen. Will ich mit einem E-Auto tauschen? Ich glaube nicht.

Ich schaue auf den Kalender – dreizehnter August. Am 13.08.1961 – da war doch was? Heute ist  der Jahrestag des Mauerbaus fällt mir ein. Vor 60 Jahren standen ganz plötzlich Polizisten und Bauarbeiter an der innerdeutschen Grenze und begannen, eine Mauer hochzuziehen. Die meisten waren überrascht. In jedem Jahr wird der unmenschlichen Teilung Deutschlands gedacht. Es gibt immer viel Krach. Drehen wir doch einfach mal die Zeit zurück. Geht ganz einfach. Eine Hand an die Nase, die andere ans Ohr und solange drehen bis es 1961 ist. Wir schreiben Sonntag, den 06.08.1961. Es läuft eine Volksabstimmung. Jeder Bürger der Sowjetzone ist aufgefordert, folgende Frage zu beantworten. Soll die DDR bestehen bleiben und deshalb zur Sicherung der Außengrenzen eine Mauer (analog USA-Mexiko, Israel-Palästina) gebaut werden?
Die Mehrheit im Osten will einen eigenen Staat und Frieden behalten. Es ergibt einen ähnlichen Ausgang wie beim Brexit: 52% ja, 48%. Vielleicht gibt es noch schärfere Meinungsgräben. Walter Ulbricht hatte im Juni 61 noch gesagt, keiner hat die Absicht, eine Mauer zu errichten. Doch jetzt zwingt ihn das demokratische Votum dazu. Dem Mann ist soviel Unrecht getan worden.
Spaß beiseite, die Fragestellung ist berechtigt, der Prozentsatz ist reine Spekulation. Dazu die Einflußnahme der Siegermächte. Kein Ostdeutscher hatte 1961 die Mauer per se begrüßt, die meisten haben intuitiv die Notwendigkeit akzeptiert. Es gab keinen Volksaufstand, die Geburtenrate im Osten stieg wieder, das Land mußte aufgebaut werden. Es war wie mit einem kranken Mann, dem der Arzt diagnostiziert, daß sein Herz schwach ist und er nur mit einem Stent überleben kann. Einige jüngere sagen, ein Stent ist eine Mauer, ein Fremdkörper, Teufelszeug, kommt nicht in Frage. Opa

stirbt halt. Die DDR hätte in den 60ern verschwinden sollen. Opa
sollte weg. Für viele war ein Leben ohne Opa jedoch nicht denkbar.
Das Leben wäre nach dem Auslöschen der DDR anders verlaufen.
Wer spricht diese Abstraktion in den heutigen Gedenkreden aus?

  Warum gibt es Mauern? Es sollen Staatengebilde befestigt,
gefestigt werden. Ein Niveauausgleich wird verhindert, ein
Lebensniveauausgleich. Wieviele Mauern gibt es heute? 2017
zählte eine kanadische Studie 70 Mauern bzw. Grenzzäune. Viele
wurden nach 1989 gebaut. Griechenland, Ceuta und Melilla,
Ungarn, Litauen, Serbien, Indien, Usbekistan, Marokko, Saudi
Arabien, Bulgarien, Mazedonien, Österreich, USA, Israel, Zypern,
Pakistan, Korea …
  Mir fällt auf, daß bei den deutschen Gedenkreden kein Bezug auf
andere Mauern oder Grenzen genommen wird. War die
innerdeutsche Mauer ein singuläres Ereignis wie der Holocaust?
Gibt es überhaupt ein singuläres Ereignis?

  Ich bin mit Klaus, einem Journalisten befreundet. Er schreibt nicht
über Gänse-blümchen, Dartpfeile oder Bosonen sondern über die
Weltpolitik. Ich nenne ihn gern die Journaille. Klingt wie Kanaille.
Passt auch ein bißchen. Ich sage ihm, daß Journalist ein
bescheidener Beruf ist. Es gibt an allen Ecken Vorgaben. Der
Kontext ist vorgegeben, eine eigene Abstraktion ist nur in geringem
Maße zulässig. Der Blick darf nicht zu weit werden. Journalisten
dürfen zoomen – ins Nahe. Welcher Teller Suppe hat auf dem Tisch
gestanden, als die Nachricht vom Mauerbau eintraf? Sind jedoch
eine Einordnung in das europäische Bild oder ein Vergleich mit
Palästina zulässig? Kann, will oder darf der Journalist
Schlußfolgerungen ableiten, den Blick weiten?

  Was für Mauern oder Grenzen fallen mir noch ein? Dänemark hat
doch vor kurzem einen Zaun zu Deutschland gezogen, an der Oder

zu Polen steht ein Zaun. Die afrikanische Schweinepest ist das Übel. Dann die chinesische Mauer, eine gestückelte Grenze. Sie ist etwa 6260 km lang, große Teile wurden im Mittelalter während der Ming- Dynastie gebaut. Stellt Frontex eine Mauer im Mittelmeer dar? Kann man die Berliner Mauer mit der Avus, der Stadtautobahn vergleichen? Wenn diese Autobahn ein Fußgänger überqueren will, was passiert dann? Kennt er die Gefahr? Kennt er einen sicheren Übergang?

Es sind in Berlin an der Mauer 140 Leute gestorben. Insgesamt sind ca. 330 Menschen beim Versuch, über die innerdeutschen Grenzanlagen zu klettern, gestorben. Von 1949 bis Juni 1990 sind rund 3 8000 000 Menschen aus der Ostzone (später DDR) geflohen bzw. ausgereist. Der Exodus stieg 1961 an. Eine Mauer hat den Zweck, die ungeplante Ein- oder Ausreise von Menschen zu begrenzen, die Migration zu drosseln. Es sollen die Sozialsysteme im umgrenzten Staat  nicht kollabieren. Die Aussage: "Ich will mal kurz 'rüber und komme gleich wieder" ist mit Fragezeichen zu versehen. Das Ausgesperrtsein und das Eingesperrtsein fühlt sich für die Betroffenen gleich an. Ein großes Trauma erlitten die Menschen in Ostberlin und Umgebung. Sie hatten Westberlin als den "Pfahl im Fleische" ständig vor Augen und fühlten sich eingesperrt. Sie wollten reisen und nicht ausreisen ohne Wiederkehr. (Manche vielleicht doch.) Gibt's noch die Ausreiselotterie in Kuba? Wieviele Bulgaren sind über die Grenze in die Türkei geflüchtet? Die Menschen in der DDR auf dem Lande waren diesen psychologischen Qualen nicht in dem Maße ausgesetzt. Sie stellten einen Ausreiseantrag oder kämpften gegen den Staat oder lebten ihr Leben ohne Westfernsehen. Viele Ostberliner kämpfen heute noch mit Trauma des damaligen Eingesperrtseins.

Was ist aus den "normal" ausgereisten geworden? Manfred Krug, Nina Hagen, Eberhard Cohrs, Wolf Biermann (der durfte nicht

mehr zurück) ... 400 000 kehrten zurück, die meisten jedoch
haben ihren Frieden im Westen gefunden.

 Wenn jemand gestorben ist wird getrauert. Opa ist seit 1990 nicht
mehr da. Trauer ist wichtig, sie muß zugelassen werden. Ebenso
muß man dem Leid gedenken. Es muß verarbeitet werden. Wer
kann diese Trauerarbeit aushalten und nach vorne blicken bzw. wer
kann das Leid nicht verwinden? Die innerdeutsche Teilung durch
die Mauer von 1961 bis 1989 war ein Unrecht und brachte den
Menschen viel Leid. Der Kontext mit den damaligen politischen
Verhältnissen ist notwendig. Der fehlende Kontext erzeugt ein
falsches Bild. Die innerdeutsche Mauer war kein singuläres
Ereignis.

Du hast ja ein Brett vor dem Kopf! - Nein, ich habe nur Schalbretter
rechts und links. Ich will das nicht sehen. Ich will die
Kurzsichtigkeit nicht mehr sehen und die Traumata nicht mehr
hören.

*der Morgen*

Ich habe keine Lust. Mein Kopf sagt mir: "Du willst doch mit dem noch eine Weile zusammen gehen? Oder?" - Er hat ja Recht. Am Morgen ist der innere Schweinehund (IS – nein, falsche Abkürzung, nennen wir ihn Insch) am kleinsten. Vielleicht auch noch nicht ausgeschlafen. Vor dem Frühstück wäre gut.

Zuerst die Kleidung. So wenig wie möglich. Nackt geniere ich mich. Also ein Stück bleibt an, besser sind zwei. Dann die Örtlichkeit. Einen unbeobachteten Platz kann ich finden. Allein im Haus die Küche. Sonst oben vor dem PC. Als drittens Ruhe. Ruhe ist elementar wichtig. Ich stehe aufrecht, schließe die Augen und denke: was machst du da? - Ok, ich hab's mir versprochen.

Der Anfang ist einfach. Nur ein Bein, meistens rechts. Ich habe eine Yoga- Übung vor Augen. Die Fingerspitzen berühren mit geschlossenen Handflächen die Luft 3 Meter über mir, oder fast. Ein Fuß schwebt in der Luft neben meinem Knie, das Bein nach außen angewinkelt. Ich zähle. Ich kenne meinen inneren Wecker. Wenn ich schnell zähle geht's im Sekundentakt, langsam in 5 s Schritten. Der Zeiger muß wenigstens halb rum sein. Mein Insch meldet sich nicht – gut. Jetzt kommt das Schwerere. Ich stehe wieder aufrecht. Meine Hände greifen ausgestreckt zum Kühlschrank. Doch ich bleibe tapfer stehen. Da ist nichts Gutes drin sage ich mir. Ganz langsam senke ich den Hintern. Der Rücken bleibt stocksteif gerade. Die Ober- und Unterschenkel berühren sich, tiefer geht's nicht. Dann nach oben. Und repetierend (also wiederholend). Hier ist Langsamkeit wichtig. Ich horche in meine Kniescheibe, die Muskeln, den Bauch. Geht's allen noch gut? Oder ist einer am Alarmknopf? In der ersten Runde spüre ich den Rost abfallen. Weiter geht's. Hoch – runter – hoch - … Ein Glück, die Gelenke funktionieren noch, Muskeln sind auch noch da. Nach einer langen Weile Pause. Der Insch protestiert. Jetzt ist aber mal

gut! - Einen hab' ich noch. Als letztes bewege ich mich in die
Waagerechte. (Den Fußboden wische ich nachher.) Meine
ausgestreckten Arme beugen sich. Die Nase zielt auf die Kacheln,
kurz davor die Rückkehr. Ich kann sie vor einem Crash bewahren.
Mein Körper ist ein starrer Balken (denke ich). Die Arme beugen
und strecken sich im langsamen Rhythmus. Mein inneres Fernglas
ist auf den Bauch gerichtet. Da müssen Rudimente von glatter
Muskulatur sein. Die sollen die Mittelmasse zusammenhalten. Also
nochmal auf und nieder. Pause. Die erste Runde geht bedacht. Ich
lenke mich ab, indem ich alle überflüssigen Gedanken unterdrücke,
wegschiebe, ignoriere. Ich lasse den Kopf kreisen, verkrampfe die
Finger, die Arme windmühlen.

Als alles fertig ist klopfe ich mir auf die Schulter. Geht doch. Ich
freue mich über das in einigen Stunden einsetzende gute
Körpergefühl. Der Kopf bekommt mehr Blut.


Das erste geht über dreißig, das zweite auch, das dritte über
zwanzig. Nach jahrelangen Versuchen in der Forschungsanstalt 57
Im Graben hat sich herausgestellt, daß eine Dreierkombination
dreimal ausgeführt vom Insch gerade noch toleriert wird. Das
Politbüro hat vorgegeben, daß der Mittelteil akkumuliert dreistellig
sein soll. Mein innerer Parteitag klatscht, wenn ich in der Woche
mehrmals erfolgreich angetreten bin. Dann habe ich über meinen
Insch gesiegt. Mein Alter Ego hat ja Recht. Mit dem Kerl will ich es
noch lange aushalten. Aber der verdaut halt sehr gut und läßt
Rollen, Rundungen und Polster entstehen, wo sie nicht hingehören.
Und faul ist der! Ich versuch's wieder. Im Plan steht: jeden Tag.

## Abschied

Wenn ich früh aus dem Hause gehe sage ich zu meiner
Kaffeemaschine, ich bin traurig, daß ich dich heute Morgen nicht
mehr wiedersehe. Ich werde den ganzen Tag an dich denken. Aber
so Gott will werde ich dir am Abend wieder auf die Tülle schauen.
So ein Abschied fällt mir immer schwer.

In der Schule mußten wir das Buch "Abschied" von Johannes R.
Becher lesen. Er ver-abschiedete im Buch als Schüler im Jahre 1900
ein ganzes Jahrhundert. Wenn ich an Goethes Gedicht
"Willkommen und Abschied" denke, habe ich wunderliche, schwer-
mütige Gedanken. Goethe zaubert mir ein Gefühl von Wehmut und
Glück ins Herz.

Waltraut ist fort. Sie ist einfach weggezogen, zu ihrer Tochter.
Waltraut ist eine ältere Dame, die neben dem Kindergarten wohnte.
Sie kam regelmäßig in der Kita helfen. Alle mochten sie. Als sie
auszog stand sie auf ihrem Balkon, winkte den Kindern und spielte
Flöte. Der Abschied machte alle im Kindergarten traurig.

Ein Abschied wird meist melancholisch sentimental zelebriert. Wir
waren uns so vertraut. Nun gehen wir auf anderen Wegen. Es gibt
auch das Gegenteil. Ein froher Abschied. Endlich bin ich den
Krempel los, muß diese Gesichter nicht mehr sehen! Endlich habe
ich Zeit für Neues. Ich habe mich so lange mit dem Zeug
herumgequält. Jetzt ist Schluß damit. Oder ich fiebre auf den
Abschied hin. Ein Bandmaß für die letzten Tage kann helfen, wie
beim Armeedienst.

In Deutschland läuft in der Regel alles planmäßig ab. Der
Abschied muß eingereicht werden, kann nicht einfach so passieren.
Ein Arbeitsverhältnis, ein Mietverhältnis muß gekündigt werden.
Die Umgebung muß sich darauf einstellen können. Die Scheidung
einer Ehe ist ein langer Abschied. Trennen tut weh. Am Ende muß

auch das eigene Leben gekündigt werden. Ich bin dann mal weg. Dieser Abschied ist traurig. Einen Trost  bringt Jesaja 43.1. Jesaja war ein Prophet im Namen des Herrn. Es kann aber auch die alte Mutter Erde aus seinem Munde sprechen. Die Worte der Bibel bereiten den Abschied vor bzw. nehmen ihm den Schrecken. Jesaja sagt: "Fürchte dich nicht, denn ich habe dich erlöst. Ich habe dich bei deinem Namen gerufen, du bist mein."
Es ist eine schöne Umschreibung dafür, daß wir alle aus Staub gemacht sind und zu Staub werden. Das Wichtigste bei einem Abschied ist das Innehalten, das Bewußtmachen. Ein Weg, ein Prozeß ist zu Ende. Wo war der Start? Wie habe ich in der Zeit agiert? Was ist erreicht worden? Der Abschied soll kurz und knapp sein. Das Neue scheint durch. Der neue Prozeß hat schon begonnen.
  Ab und zu ein Rückbesinnen in späterer Zeit tut gut. Statt Wehmut ob der letzten Augenblicke soll Dankbarkeit und Hoffnung regieren. Ein deutsches Sprichwort sagt: Am Ende soll man ein Ding loben. Deshalb ist es besser zu sagen: Schön, daß ich dabei sein konnte, daß ich dir begegnet bin. Wir sehen uns wieder. Mit der leisen Drohung: Ich komme wieder. Als … irgendwas. Wenn du das nächst Mal einen … siehst, dann könnte ich das sein. Ich sehe ständig meine Eltern wieder. Der Abschied ist eine große Hand, die das Herz zusammendrückt.

Wenn ich aus dem Hause gehe, verabschiede ich mich auch von meinem Wasserkocher.

Was Kevin will

Kevin ist allein zu Hause. Er hat Langeweile. Sein Job beginnt erst in 5 Stunden, jetzt hat er Zeit. Er schaut in die Zeitungen auf dem Tisch. Die ganze Welt liegt ausgebreitet. Das ist sehr viel. Fremde Schicksale kommen allerdings nicht an ihn heran.
- Ich will mich mit meinem Leben beschäftigen, nicht ständig den Weltfrieden, Klima, Maske, CumEx, Wahl usw. wälzen. -
Kevin fühlt sich gut, er ist aufgeräumt. Auf Arbeit läuft es, er wird anerkannt. Die Kollegen schätzen seine Akkuratheit.
- Ich will Sex. Mit einer Frau in die Kiste springen. -
In einer bestimmten Lebensphase sind die Menschen stark auf den Urtrieb fixiert. !Das sagt man doch nicht! (Das denkt man aber). Es heißt, alle 6 Minuten schießt ein Sex- Gedanke durch den Kopf. Wenn du dir in einer Prüfung den Prüfenden nackt vorstellst, ist die Anspannung weg. Wenn das keine Anspielung auf die Fleischeslust ist. Kevin ist ledig. Beziehungen sind schwer aufzubauen. Es wird so einfach dargestellt. Onkel Parship macht das schon. Sonst halt Tante Tinder fragen. Mit Internet geht alles – theoretisch. Dabei ist das Einfache und Schwere, einem anderen einen Augenblick länger in die Augen zu schauen, darin nach einem Körnchen Sympathie zu suchen und ihn zu fragen, ob er bleiben will, auf einen Tee. Kevin besitzt ein Moped. Es ist noch ziemlich neu. Vor ein paar Tagen fing die Schaltung an zu knacken.
- Ich will sie reparieren können. -
Doch er weiß nicht, wie und wo er das lernen kann. Er hat sich aber auch noch nicht intensiv damit beschäftigt. So richtig Lust darauf hat er auch nicht. Kevin beschließt, eine Runde um den Block zu gehen.
- Ich will Geld, viel Geld. -
Mit Geld läßt sich alles regeln, denkt er. Seine Gedanken kreisen um Verpflichtungen, er hat einige Schulden. Er spielt jede Woche

Lotto und weiß im geheimen, daß das sinnlos ist. Er wird vielleicht mit achtzig mal gewinnen. Es kommen Gedanken an das letzte Wochenende in den Kopf. Er mußte sich Geld leihen und hat dafür versprochen beim Freund mitzuhelfen.
- Ich will Zeit. Ich will mehr Ruhe. Jeder nervt mich und will was von mir. -
Er hat gelesen, Deutschland ist arm. Die meisten Deutschen leiden an Armut. Nicht an Geldarmut sondern an Zeitarmut. Überall springt dich Selbstverwirklichung an. Jeder hat irgendwo eine To-do-Liste mit Vorhaben, Zielen, Wünschen, Terminen, die Druck aufbauen. Auf seinem Weg schaut Kevin hoch. Es hängen auffallend viele Wahlplakate an den Laternenmasten. Auf einem ist ein Politiker abgebildet mit dem Slogan:
- Ich will mehr grünen Strom, d.h. mehr Windräder. -
Typisch Politikergerede. Bei der Praxistauglichkeit der Forderungen hat er Bedenken.
- Ich will keine Politiker. Die sind korrupt und überflüssig. -
Er hört nur Gezänk, Polemisieren und Ablenken. Kevin kann es nicht mehr hören. Jeder hat logische Argumente, es paßt bloß alles nicht zusammen. Ein Kinderwagen schiebt sich an ihm vorbei.
- Ich will eine Familie. Am besten zwei Kinder. -
Die Kinder kann ich selbst erziehen und ausbilden. Das staatliche Schulsystem verdreht doch die Kinder. Sie lernen lauter überflüssiges Zeug.
- Ich will Körperlichkeit. Ich möchte eine fremde Hand nehmen und halten. Ich möchte das Verschwinden der Angst und die Wärme der Ruhe spüren. Ich will Berührung, Nähe, Zärtlichkeit. Ich will mit einer Frau in den See springen. -
Er fühlt sich manchmal so verlassen und einsam. Ein Gespräch kann wärmen. Ein Körper kann beruhigen und Vertrauen geben. Er schüttelt den Gedanken ab.
- Ich will meine Wohnung renovieren. -

Eigentlich nicht. Die geht noch. Kevin kommt an einem Imbiß vorbei. Im Fernseher drinnen wird ein Flüchtling auf einem weiten Feld interviewt.

- Ich will nach Deutschland. -

Ein armer ausgerissener Mensch, der Hilfe sucht. In schneller Folge schießen Kevin weitere Wünsche durch den Kopf.

- Ich will ein großes, schnelles Auto. -

- Ich will überzeugen. Ich bin nicht wie die Lemminge, ich habe Argumente. -

- Ich will nicht ständig Widerspruch. Die Leute sollen mich ausreden lassen und den Mund halten. -

Kevin schaut auf die Uhr. Die Zeit für die Arbeit rückt näher. Sein Chef und dessen Sprüche kommen ihm in den Sinn.

- Ich will mehr Effektivität. Keinen Ausschuß mehr. Ich will die Null- Fehler- Produktion. -

Diese Ansprachen gehen Kevin auf den Geist. Es macht keiner vorsätzlich Fehler. Wenn genügend Zeit da ist, läuft es problemlos. Neue Wünsche kreuzen auf.

- Ich will einen vernünftigen Job, keine Ausbeutung. Etwas, das mir Spaß macht, worauf ich Bock habe und das sinnvoll ist. -

- Ich will gut aussehen (muß ja nicht gleich schön sein). -

- Ich will mehr Urlaub. -

Je mehr er will, desto schneller dämmert ihm, daß es zuviel ist, daß einiges gegen-sätzlich ist. Wie soll er mit den Gegensätzen umgehen? Kevin ist in Gedanken und achtet nicht mehr auf das Gewirr der Menschen. Plötzlich tippt ihn jemand an. Emma steht vor ihm. Sie ist gleichaltrig und sympathisch. Es hat leider noch nicht zwischen ihnen gefunkt. Sie strahlt ihn mit ihren blauen Augen an. "Was willst du?" fragt sie unvermittelt. Kevin schaut sie überrascht an. "Och .. ich weiß nicht."

Fake news …

wie weit soll Mißtrauen gehen?

Was ist Wissen? - Das ist zu komplex. Was weiß denn ich? - Der Duden sagt: sehen, erblicken, gesehen haben. Es wird schon am Anfang in direktes und indirektes Wissen unterschieden. Wissen heißt, etwas durch eigene Erfahrung erworben zu haben oder von etwas Kenntnis durch eine Mitteilung von außen zu haben. Von beiden Aspekten werden eigene zuverlässige Aussagen abgeleitet. Der Prozeß der Wissensaneignung wird als lernen bezeichnet. Wissen geht oft mit Vorwissen einher bzw. dieses wird vorausgesetzt. Er weiß sich zu helfen. Er weiß das zu schätzen. Er weiß damit etwas anzufangen.
Diese Reden sind nur mit Vorwissen erklärbar. Ebenso die Redewendungen: Ich weiß, er ist materiell abgesichert. Er ist sich der Tragweite, der Bedeutung seiner Tat bewußt. Er wollte das ganz anders verstanden wissen. Er will davon nichts mehr wissen (er ignoriert es bewußt).
Ein Schlüsselargument in der Diskussion um die Definition ist der Sokrates- Spruch: Ich weiß, daß ich nichts weiß. Wie hat der Philosoph das gemeint? Sokrates wurde um 400 v.Ch. im Alter von 70 Jahren in Athen angeklagt, die Jugend zu verführen und die Götter zu missachten. Ihm wurde viel Zeit zum Widerruf eingeräumt. Er trank trotzdem den tödlichen Schierlingsbecher. Wußte er, was er trank? Er hatte es vorher nicht ausprobiert. Das Wissen um Sokrates ist seinen Schülern (u.a. Platon und Xenophon) zu verdanken. Haben sich diese alles ausgedacht? Sokrates wußte eine Menge. Er hat in vielen Diskussionen sein Wissen unter Beweis gestellt. Wie sonst hätte sich sein Ruf bis heute erhalten

können? Er wußte z.B., wann die Griechen eine Schlacht gewonnen hatten. Er hatte nicht mitgekämpft, war nicht auf dem Schlachtfeld gewesen. Als die Kunde vom Sieg in Athen eintraf und die neuen Sklaven und die Beute in die Stadt kamen war er sich sicher. Dies ist das klassische indirekte Wissen. Die ersten Anzeichen können mißtrauisch ignoriert werden. Wenn darauf aufbauende Handlungen sichtbar werden, kann die ursprüngliche Information als Wissen und wahr abgespeichert werden.
Sokrates hat nicht gesagt: Ich weiß nichts. Das hätte ihn als Tölpel gezeigt. Sein Ausspruch: "Ich weiß, daß ich nichts weiß" zeigt auf den gewaltigen Berg von Wissen, der existiert und von dem er nur einen Bruchteil gesehen hat. Er hat den Satz mit Sicherheit nicht unkommentiert gelassen sondern mit seinem Sophismus dem Gegenüber klar gemacht, daß dieser noch weniger als nichts weiß und deshalb Ehrfurcht vor der Natur und dem Leben haben soll.

Wenn ich meine Wohnung renovieren will, kann ich mir vorher guten Rat einholen (indirektes Wissen). So kann ich erfolgreich die Renovierung durchführen, das Wissen macht sich bezahlt, es ist nicht suspekt. (Mit zwei linken Händen vielleicht.) Ob ich Wissen nicht oder erfolgreich anwenden kann, ist nicht dem Wissen zuzuschreiben sondern mir. Aus dem indirekten Wissen kann direktes Wissen werden. Wenn ich eine Sprache (spanisch oder chinesisch) nicht kann, ist das Wissen davon indirekt. Wenn ich sie erlerne wird es direktes Wissen.

*Freiheit*

Den Ausführungen möchte ich einige willkürliche Informationen voranstellen.

1. das Star-Trek-Unikum William Shatner flog mit 90 Jahren ins All. Er sagte bei seiner Rückkehr, jeder Mensch sollte die Möglichkeit/ Freiheit haben, ins All zu fliegen.
2. Buffalo Bill ritt 1870 durch die Weiten des Wilden Westens und nahm sich die Freiheit, eine Unmenge an Natur (Büffel) zu töten.
3. J.W.von Goethe schrieb in "das Göttliche": .. nur der Mensch vermag das Unmögliche, er unterscheidet, wählet und richtet, er kann dem Augenblick Dauer verleihen …
4. Biologen untersuchen Ökosysteme. Sie bestimmen, unter welchen Bedingungen ein Gleichgewicht herrscht, wann es kollabiert, welche Populationsschwankungen natürlich sind. Sie räumen den Arten bestimmte Freiheiten (Nahrungsangebot, Feinde ..) ein.
5. aktuell werden in Deutschland pro Tag mehr als 50 ha Boden versiegelt und damit der Natur entzogen. Der Mensch braucht Freiheit.

Zum Thema Freiheit kann man leicht 20 Philosophen anführen, die diesen Begriff  unterschiedlich deklinieren. Freiheit wird im natürlichen, sozialen und politischen Kontext gedacht. Es wird ausgeblendet, daß z.B. die sozialen (in Deutschland guten) Rahmenbedingungen auf Kosten der Menschen in anderen Erdteilen existieren. Es gibt immer einen größeren Zusammenhang.

Der geschichtliche Aspekt ist wichtig (wo kommen wir her) so wie der Zukunftsaspekt (was erwarten wir). Die 1945 geborenen waren sauer, daß die vorangegangene Generation so viel zerstört hatte und sie damit weniger Freiheit besaßen. Die 2030 geborenen werden sauer sein, daß sie solch eine Welt managen müssen, d.h. weniger Feiheiten haben werden. Der intellektuelle Ringkampf zu dem Thema wird in politischen Diskussionen ausgetragen, wobei kein Kämpfer a priori ausgeschlossen werden sollte.

  Der Begriff Freiheit ist ein abstrakter Begriff wie Frieden, Mut, Schönheit etc. Der Mensch schaut in sich, auf seine Befindlichkeiten und entwickelt Ideen. Das ist eine typisch egozentrische Sicht. Diese Egozentrik ist der Balken im Auge bzw. das Hindernis. Wann begann die Loslösung des Menschen von der Natur? Ab wann betrachtete der Mensch die Natur als Objekt und nicht als gleichwertigen guten und gefährlichen Gegenüber? Der Mensch hat sich weit von der Natur entfernt. Er deutet den Freiheitsbegriff ständig anders, selbstbezogen. Menschen sind heute z.B. in virtuellen Welten unterwegs und tauchen nur zur Nahrungsaufnahme auf (der Discounter ist 300m geradeaus und dann rechts) bzw. fliegen tageweise in eine Urlaubsregion. Sie lassen sich Natur vorgaukeln, haben keine wirkliche Vorstellung von einem Leben in der Natur.

  Ich schlage folgendes Gedankenexperiment/ Hausarbeit für Studierende vor: (Es gibt eine Vielzahl von Prognoseinstituten, die helfen können.) Als Prämissen gelten:


a) die Mehrzahl der Menschen streben nach einem höheren Lebensstandard
b) es existieren sehr unterschiedliche Lebensstandards

**A** Beschreiben Sie den Freiheitsbegriff einer Epoche mit Bezug auf die Weltbevölkerung

Epoche
| Platon | 5.-4. Jh. v. Ch. | 1 500 000 |
|---|---|---|
| Augustinus | 354 – 430 | 150 000 000 |
| Meister Eckhart | 1260 – 1328 | 400 000 000 |
| Thomas Hobbes | 1588 – 1679 | 750 000 000 |
| Karl Marx | 1818 – 1883 | 1 250 000 000 |
| Albert Camus 1913 - 1960 | | 3 000 000 000 |
| Jürgen Habermas | *1929 | 7 900 000 000 |

**B** Beschreiben Sie, wie der Freiheitsbegriff im Jahre 2121 definiert werden könnte mit geschätzten 11 000 000 000 Menschen auf dem Erdball. Wie wird die Ressourcenverfügbarkeit sein? Wie die Umweltbedingungen? Wie die Verteilung des Reichtums und damit die sozialen Spannungen?

**C** wie geht es heute weiter? Was heißt Freiheit?

Es gibt keinen Königsweg. Viele Meinungen stehen nebeneinander. Das Martin-Luther-Paradoxon dominiert. Es besagt, daß sich ein Standpunkt zu einer bestimmten Zeit herauskristallisiert. Er wird von einer Mehrheit geteilt, abweichende Meinungen existieren. Es tauchen später neue Fakten auf, das Bild bzw. der mehrheitliche Standpunkt verändert sich. Es bleiben verschiedene Sichtweisen nebeneinander bestehen. Über richtig und falsch wird im moralischen Sinne gestritten. Die Unterdrückung eines Standpunktes ist nicht sinnvoll, nur der scharfe kontroverse Dialog bzw. die Darstellung der Widersprüche. Ein Beispiel ist Martin Luther. Aktuell ist der Mediziner Robert Rössle in Berlin-Buch im Fokus.

Der Mensch ist ein winziger Akteur in der Natur. Die aktuelle Überhöhung des Menschen ist fatal, die Diskussion von Freiheitsgraden marginal. Das kommende Jahrzehnt soll der Renaturierung dienen, die Natur soll im Mittelpunkt stehen.

Vielleicht passen diese Fragen besser: Ist die Entwicklung der Weltbevölkerung hin zu 10 .. 20 Mrd. Menschen ein natürlicher Prozeß? Muß die Fantasie für die Zukunft sterben damit wir heute unbeschwert leben können?

-----------------------------------------------------------------------------
-----------------------

1. die Aussage ist irrational
2. der Begriff Freiheit wurde 1870 anders als heute gesehen
3. das Gedicht Goethes hebt den Menschen von der Natur ab
4. der Mensch muß in jedes Ökosystem einbezogen werden. Wenn es kollabiert, ist der Freiheitsbegriff gegenstandslos.
5. die Zerstörung der Natur wirkt sich auf die Freiheit aus

*der Tritt*

Ich gehe wieder mal spazieren. Eine dicke fette Nacktschnecke schleimt langsam von links nach rechts. Mit einem großen Tritt könnte ich jetzt. Merkt sie was? Der Tod ist wie die Hebamme, nur eben am Schluß. Das ist Kindermund. Memento mori. Auf die andere Straßenseite gehen ist einfach. Letzten Sonntag Nacht ist auf der Landsberger ein Pkw rechts abgebogen und hat eine Tram übersehen. Das Auto wurde mitgeschleift, die Bahn sprang aus den Gleisen, zwei gingen durch die unsichtbare Wand.

Das Thema Tod ist eigentlich tabu. Es macht depressiv. Die Kelten sagten: der Gestorbene ist da, nur in der Anderswelt. Ist doch schön, daß er noch da ist. Ich spaziere weiter den Budapester Weg. Wenn ich schnell hinkomme, bin ich eher wieder zurück. Wer früher stirbt ist länger tot. Solche saublöden Sprüche. Aber das gehört zum Leben.

Er ist vorgegangen und passt von oben auf - eine friedliche Vorstellung. Er ist halt von der Hauptstraße zu früh abgebogen.

Es wird November. Die ungemütlich dunkle Jahreszeit kommt. Ich denke an  "November", Gustave Flauberts schwermütigen Roman. Jetzt gehen viele freiwillig.  B.Traven ging in Mexiko einfach in den Urwald. Joshua Slocum segelte allein um die Welt. Seine zweite Fahrt 1909 brachte ihn nicht mehr zurück. Was geschah mit Slocum?Es gibt viel Mystisches um den Tod.

Nein, es soll keine Änderung geben. Alle sollen hier bleiben, im Zimmer bleiben. Und wenn einer durch die Tür, aus dem Zimmer geht, kommt er gleich wieder. Er kommt wieder. Wenn er nicht wiederkommt, gehe ich halt zu ihm.

Ich kann ja mal die Tür aufmachen und nachschauen. Er liegt da und schläft. Gestern träumte ich, ich  wache auf und habe eine goldene Kugel in der Hand. Jeden Tag wird sie ein bißchen kleiner.

Dann rollt sie aus der Hand … Wenn er nicht aufwacht, dann hat er vergessen, das Licht wieder anzuknipsen.

Ich schaue nach oben und verscheuche die krummen Gedanken. Ein Lied kommt mir ins Gedächtnis. Kommt ein Vogel geflogen. Kommt er aus einer anderen Welt geflogen? … ich kann nicht mitfliegen, weil ich hierbleiben muß … Zwei Minuten anklopfen am Tage  hilft schon etwas.

Am letzten Wochenende habe ich eine Stunde lang Hausputz veranstaltet. Beim Wischen fing ich eine Motte. Genauer gesagt habe ich sie ans Fenster gedrückt, wobei sie flügelverletzt zu Boden trudelte. Ich nahm sie vorsichtig auf und schnipste sie aus dem Fenster ins Freie. Sie lebte noch, versehrt, mit Handycap. Wenn das Schicksal mit seinen großen Latschen daherkommt, ziehe ich es vor, daß es mich nicht einfach zertritt, plattquetscht, sondern flügelverletzt ins Freie schnipst.

Vielleicht vergesse ich nur, nach dem Mittagschlaf das Licht wieder anzuschalten.

*Verrückt*

Seid ihr denn alle verrückt geworden!? Die Impfdiskussion wegen Covid-19 wühlt die Gesellschaft auf, spaltet. Viele Menschen sind in ihren Positionen ver-rückt. In der Zeit, in der die Zahl der Infizierten steigt und den Krankenhäusern die Überlastung droht wird die Diskussion sehr aufgeregt geführt. Die Befürworter klagen, daß die Gegner mit sachlichen Argumenten nicht mehr erreicht werden können. Es werden Evidenzen, Zahlen beschworen, die doch jeden überzeugen müßten. Das wichtigste Argument ist die Solidarität mit den schutzbedürftigen Personen.

Gegner werden als unvernünftig, eigensinnig, egoistisch, unsolidarisch dargestellt. Wer stellt Lager auf und spaltet damit die Gesellschaft? Es sind Aussagen wie: Ungeimpfte sind schuld, das sind die Unvernünftigen, Kinder impfen, eine Impfqoute von 100% ist die Rettung. Ist der doppelt Geimpfte, der sich gesundheitlich (Ernährung, Bewegung) suboptimal verhält und alle Veranstaltungen besucht vernünftiger als der Ungeimpfte, der auf seine Gesundheit achtet und wenig unter Leute geht? Hat die Wissenschaft eine einheitliche Meinung? Wer maßt sich an, alle Studien richtig zu bewerten? Dürfen wir nicht oder sollen wir nicht zweifeln? Sollen wir den Politikern oder Medizinern wie Herrn Lauterbach das denken überlassen? Politiker sind eh' in einer tragischen Position, sie können nur Fehler machen. Einige Fehler sind allerdings vermeidbar, z.B. die Bereitstellung von Impfmöglichkeiten, die Aufklärung über Risiken wie Adipositas, Talkrunden mit Vielfalt bzw. Antipoden, nicht nur mit Mainstream-Leuten.

Der moralische Druck sollte aufrecht erhalten werden (z.B. Diskussion von frisch Genesenden mit Leugnern, eine Impfpflicht für alle ohne  Zwangsexekution oder Kontrolle- die Diskussion wird befeuert).

Im November 2021 sind 15 Mio Deutsche nicht geimpft, die Impfquote liegt bei 70%. Alle sind aufgeklärt. Ein 18 – 30jähriger hat die Wahrscheinlichkeit von 2,3% eines schweren Verlaufes der Erkrankung.

Darf ich auf einen Lottogewinn hoffen? Darf ich Angst vor einem Blitzschlag haben? Es tobt ein Kampf der Wahrscheinlichkeiten. Natürlich ist die Wahrscheinlichkeit, durch Corona geschädigt zu werden höher als die möglicher ernster Nebenwirkungen der Impfung. Kann ich diese rationale Risikoabwägung bzw. die Bewertung den Menschen abnehmen oder aufzwingen?

Wie erkennen wir Toleranz und Engstirnigkeit? Braucht's eine besondere Fähigkeit oder den Willen, Toleranz zu üben? Heißt engstirnig und intolerant sein auch geistig arm sein? Selig sind die, die da geistig arm sind. Selig in ihrer Ideologie. Es gibt Leute, die suhlen sich in ihrem Lager und zeigen bei jeder Gelegenheit auf die anderen. Nur die starken Argumente zählen, die widersprechenden Argumente werden ausgeblendet. Sie haben Recht. Sie nehmen eine hohe moralische Position ein, von der sie die da unten nicht mehr hören. Ein jüdisches Sprichwort sagt: Denn da, wo ich Recht behalte, wachsen keine Blumen mehr. Blumen braucht's aber zwischen den Menschen.

Der Alt- Bundespräsident Joachim Gauck ist der Auffassung: Alle Meinungen, die sich innerhalb des Grundgesetzes befinden, müssen wir zulassen. Diese Vielfalt, dieser Widerstreit der Meinungen macht unsere Demokratie aus, nicht Uniformität.

Empathie ist notwendig. Kann sich ein Befürworter in einen Ungeimpften hinein-versetzen? Kann er dessen Argumente ruhig auf sich wirken lassen? Pauschalität ist verschleiernd. Manche Wortwahl ist kontraproduktiv, z.B. Impfdurchbruch, Wellenbrecher.

Wir müssen eine Menge aushalten, auch andere Meinungen. Das Leben ist lebensgefährlich. Ein Hühnerhaufen verhält sich nicht klüger als vorsichtige, aufmerksame, empathische, tolerante Akteure. Bleiben wir klug.

*Der Fußballer und das Wunder*

Ein fröhliches Kind in einem kleinen Dorf spielte gern Fußball. Es träumte davon, so wie Messi zu werden. Die anderen Kinder stellten es aber nur ins Tor oder ließen ihn überhaupt nicht mitspielen. "Du bist zu langsam. Du bist zu unbeholfen." Das Kind wurde traurig. Es träumte von einer Fußballerkarriere. Mit zwölf fragte ihn der Sportlehrer, warum es traurig ist. Es erzählte ihm von Messi. Am Ende strahlten seine Augen. "Aber du hast doch einen verwachsenen Fuß. Du kannst nicht schnell rennen." Die Augen des Kindes wurden matt. Es hatte so schöne Träume. "Wenn du das nicht erkennen willst, dann wirst du es auch nicht erkennen" schloß der Sportlehrer.

Weit auf dem Lande in einem kleinen Dorf wurden Kinder krank. Alle Hausmittel halfen nicht. Der Arzt im Dorfe war erst vor kurzem zugezogen. Schlechte Gerüchte umgaben ihn. Einige Frauen gingen mit ihren Kindern zum Arzt. Die Kinder wurden gesund. Einige Frauen fürchteten sich. Die Gerüchte waren zu ungeheuerlich. Ein Kind starb, die anderen brauchten lange zur Genesung. "Wenn du die Gerüchte nicht erkennen willst, dann wirst du sie auch nicht erkennen" urteilte eine Frau.

Ein Junge saß versunken auf einer Bank an der Dorfwiese. Ein Mann setzte sich zu ihm. Sie kamen ins Gespräch. Der Mann erzählte von Photovoltaik, grünem Strom, Ladekapazität und Wirkungsgraden. Dem Jungen brummte der Kopf. Der Mann merkte, daß der Junge vieles nicht verstand. "Ist es nicht ein bißchen zu hoch für dich?" fragte der Mann. "Ich habe nicht viel verstanden, aber es klingt sehr spannend. Wenn du es mir erklärst, werde ich es bestimmt verstehen." Der Mann dachte: "Wenn er es

verstehen will und ihm Wissen fehlt, dann kann er es später
verstehen."

Einer hat sich mal das Wort Wahrheit ausgedacht. Was heißt das
eigentlich? Einer sagt: nur Fakten. Der andere: Fakten und
Zusammenhänge. Der Dritte: Fakten, Zusammenhänge und
Schlußfolgerungen. Der Vierte: Fakten, Zusammenhänge,
Schlußfolgerungen und Prognosen. Wird in hundert Jahren noch die
Sonne scheinen? Ist mir egal, ich bin dann nicht mehr da. Jeder
sagt, er hat Recht. Auch so ein Wort, das ständig gebraucht,
verbraucht, mißbraucht wird. Es ist ein Wunder, daß sich Leute
manchmal einig sind.

*Der heilige Stuhl*

Es geht auf Weihnachten. Draußen ist es kalt und ungemütlich. In einem Wohngebiets-zentrum findet jeden Mittwoch ein Treffen von armen, einsamen, unzufriedenen Leuten und Wohnungslosen statt. Es sind nicht die hellsten Sterne am Himmel. Sie suchen Gemeinschaft in ihrem tristen Leben. Für kurze Zeit finden sie einen warmen, friedlichen Zufluchtsort, an dem sie kostenlos essen können. Um 14.00 Uhr läutet Gottfried Bann die Glocke. Er ist der Leiter des Hauses und ruft zum Gesprächskreis. In einem großen Raum ist ein Kreis von Stühlen aufgestellt. Es sind mindestens 30 Stück. Nach und nach füllen sich die Plätze. Einige der Bedürftigen kennen das Ritual. Sie wollen nicht mitmachen und verdrücken sich heimlich. Sie wollen kein Psychogedöns. Das hilft eh' nicht. Meinen sie.

Als alle Plätze besetzt sind hebt Gottfried den Arm. "Ich freue mich, daß alles voll ist. Die Regeln für das reden kennt ihr ja. Seid ihr alle satt?" Zustimmendes murmeln. "Dann bitte ich Klaus mal, von seiner Woche zu erzählen." Ein unscheinbarer Mensch hebt langsam den Kopf. Es ist ihm unbequem, der erste zu sein. Gottfried redet geduldig auf ihn ein. Klaus fängt an. "Ich bin am Montag … " Er schildert seinen traurigen Alltag. Von mehreren Seiten kommt verständnisvolles Nicken. Nach fünf Minuten unterbricht Gottfried. "Danke Klaus. Jetzt ist Erna dran." Erna macht eine mürrische, abwehrende Geste. Nach einigem Bitten erzählt sie von ihrem schweren Leben auf der Straße. Nach abermals fünf Minuten beginnt der Nächste. Als fünf oder sechs der Armseligen ihren Report vorgestellt haben hebt Gottfried wieder den Arm. "Ich sehe, ihr habt schwierige Tage hinter euch. Schaut mal da. Da ist ein Stuhl frei." Wie von Geisterhand gehoben befindet sich ein unbesetzter Stuhl in der Runde. Gottfried macht eine Pause. Er steht auf, holt den Stuhl und stellt ihn in die Mitte. "Stellt euch vor, da sitzt Gott." - Stille, wie vor einem Bombeneinschlag. Ehrfürchtige, verstohlene Blicke gehen zu dem Stuhl. "Armin, steh auf und setz dich auf den Stuhl. Du bist jetzt Gott." Armin zuckt zusammen. Er ist der älteste Teilnehmer. Er ist ein einsamer Rentner, der allein in seiner kleinen Bude lebt und keine Angehörigen hat. Keinen zum reden. Es wird gemunkelt, er habe mal im Knast gesessen. Keiner will ihn darauf ansprechen. Armin versteht nicht recht. Gottfried bleibt hartnäckig. Dann fängt Armin doch an: "Wenn ich Gott wäre … " - "Du bist Gott!" - "… dann gebe ich allen eine sichere, warme Stube. Alle können sich im Supermarkt bedienen – ohne Geld. Die Überschwemmungen und Katastrophen werden abgeschafft. Jeden Tag scheint die Sonne … " Armin redet sich in Rage. Seine Augen funkeln vor all der Macht, die er sich vorstellt. Plötzlich fängt Armin an zu weinen. Gottfried steht wieder auf. "Genug. Das ist ganz schön viel." Er blickt in die Runde.

Gottfried denkt an den Obdachlosen, der seit Monaten unter dem Dach des Fahrrad-ständers am S- Bahnhof Biesdorf auf dem Boden schläft. Das Schlaflager sieht aus wie ein großer Müllhaufen. Diese Aktion mit Gott im Gesprächskreis hat er schon einige Male probiert. Einmal fragte er: "Sind Migranten unter euch? Will nicht einer von euch Gott sein?" Ein Farbiger hob den Kopf. "Wir sind durch viele Länder gezogen. Überall andere Götter. Es ist zu kompliziert und schwer. Nicht das auch noch." Ein anderes Mal fragte er: "Wer will ein Cherubim sein? Ein Engel, der Gott hilft. Er hat große Macht und kann mit Feuer und Schwert kämpfen oder heilen und helfen. Gott kann nicht alles alleine machen." Als sich einige Hände zeigten fuhr er fort: "Einer muß die Maßnahmen festlegen, einer das Geld beschaffen, einer Prioritäten setzen, einer soll verantwortlich sein … " Die Hände gingen wieder runter. Das macht ja Arbeit. Es entstand eine hitzige Debatte über das wo und wie. Am Ende schrieen sich einige an, weil sie Vorteile für einige und Ungerechtigkeiten für andere sahen. Als sich alle beruhigt hatten fragte er als Schlußpunkt: "Wer möchte Gott sein?" Keiner meldete sich, keiner wollte den Stress.

Nach der kurzen Denkpause wandte sich Gottfried an die einfachen Leute: "Die Zeit ist um. Wir müssen den Saal räumen. Heute ist Weihnachtszeit. Denkt daran, Gott ist auch nur einer von euch. Ich wünsche euch Kraft und Gesundheit für die restlichen Tage."
Die Obdachlosen und armen Menschen blickten sich um. Langsam schlurften sie aus dem Raum, hinaus auf die winterliche Straße, hinein in ihr trostloses Leben. Gottfried resümierte, Gott hat auch einen schweren Job, keiner will mit ihm tauschen. Und wer will schon ewig leben? Die Leute wollen träumen, sie wollen eine runde romantische Weihnachtsgeschichte hören. Und der heilige Stuhl ist auch nur ein Möbel.

*Der Erfinder*

Amo hat sich was Neues ausgedacht. Er ist passionierter Erfinder. Alles spricht ja über Computer. Also sann Amo über Computer nach. Das Grundlegende ist die Darstellung der Information. 0 und 1 oder plus – null – minus bzw. die Kombinationen davon. Seine Mutter Frau Lauf bestärkt ihn in seinen Forschungen. Plötzlich fiel ihm ein, Temperaturen für die Informationsdarstellung einzuführen. Statt nur 0 und 1 begann er 0kalt und 1kalt und 0warm und 1warm zu verwenden. Er schrieb ausführlich an das Patentamt. Alsbald kam ein Brief zurück.

Werter Herr Amo K. Lauf,

Ihre Idee ist phänomenal. Sie haben ein revolutionäres neues Computersystem erdacht. Eine Frage bleibt noch: Womit wollen Sie Ihren Computer heizen?

Seitdem grübelt Amo über Energieprobleme beim Computern nach.

Diese fake news jeden Tag in den Medien sind nervend. Und du bist Kolumnist bei der Berliner Zeitung. Schreib doch mal nur die Wahrheit. - Das ist einfacher gesagt als getan. Ich weiß, ich habe gut recherchiert. Kannst du mir bei allen Aussagen in Teil 1 zustimmen?

Teil 1

1. Regen bedeutet schlechtes Wetter.
2. Es ist traurig, wenn ein Mensch stirbt.
3. Es ist eine Tragödie, wenn ich meine Urlaubsreise wegen eines Staus verpasse.
4. Das begabte Kind ist glücklich, wenn es in seinen Talenten maximal gefördert wird.
5. Die Frau ist zu jung für ihn.
6. Die Corona- Zahlen sprechen eine eindeutige Sprache.
7. Die europäischen Missionare brachten Bildung und Wohlstand in ferne Erdenwinkel indem sie den Völkern ermöglichten, "das Kleid Europas anzuziehen".
8. Das Leben genießen und sich treiben lassen wie auf einem Floß ist das Größte.
9. Er ist schuld, daß es mir schlecht geht.
10. Die Leute verlassen sich beim Essen kochen auf die KI.
11. Der Autofahrer ist schuld an dem Unfall.
12. In der Not ist jede Hilfe Gold wert.
13. Die frisch Vermählten werden lange und glücklich zusammen leben.
14. Die eingeschleppten Tierarten zerstören das Ökosystem.
15. Der Klimawandel überzieht die Erde mit Katastrophen.

16. Friedrich Nietzsche ist lange tot.
17. Äthiopien ist an der Eskalation in Tigray schuld.
18. Informationen werden digital abgelegt, nicht mehr aufgeschrieben.
19. Diese Diät wird dir gut tun.
20. Einem Glauben nachzulaufen ist falsch.
21 Sie weiß überhaupt nichts.
22. Er wird in seiner Pension zur Ruhe kommen.
23. Diese Niederlage hat sie am Boden zerstört.
24. Diese Auszeit wird dir gut tun.
25. Fake news machen mich orientierungslos. ARD und ZDF sind ein Anker.
26. Es ist gut, daß er aus diesen Verhältnissen/ Zwängen befreit wurde.
27. Wo die Blumen sind? Die schönen Blumen vertragen das Klima nicht mehr.
28. Ich kann hier nicht leben, die Hektik der Stadt macht mich irre.


Bevor du antwortest solltest du Teil 2 lesen. Da könnte auch was dran sein.

---

Teil 2

1. Nach der langen Dürre sind ein paar Tropfen Regen ein Segen.
2. Der verhasste Diktator ist endlich gestorben. Das ist schön.
3. Mein Urlaubsflieger ist abgestürzt. Alle tot.
4. Das begabte Kind hat fast keine Freunde mehr, ist nur am trainieren.
5. Die Frau macht ihn viel jünger, und man sieht seine Zerbrechlichkeit.

6. Pro und Contra argumentieren mit denselben Zahlen und behaupten das Gegenteil.

7. Die weißen Einwanderer brachten Unglück. Sie zerstörten die Kultur.

8. Ein schwankendes Rohr auf schlammigen Grund gibt keine Sicherheit.

9. Ich habe eigentlich nur bei Amazon für 1000,-€ Badesachen bestellt.

10. Die Leute können nicht mehr kochen.

11. Ich hätte nicht betrunken rückwärts auf die Straße gehen sollen.

12. Er hat sich die Hilfe bezahlen lassen und uns abhängig gemacht.

13. Ich hoffe, sie bleiben lange zusammen. Er ist ziemlich eifersüchtig, sie spendabel.

14. Die eingeschleppten Tierarten verändern das Ökosystem.

15. Es wird trotz Klimawandel Katastrophen geben.

16. Die Ideen von Nietzsche höre ich überall.

17. Wieviele fremde Berater und Waffen auf beiden Seiten vor Ort sind weiß keiner.

18. Die Kinder können nicht mehr schreiben.

19. Eine Diät macht mir Stinklaune, sie hält maximal drei Tage.

20. Gläubige Christen leben im Schnitt drei Jahre länger.

21. Sie kann sehr gut basteln.

22. Schulle hat seine Rente keine zwei Jahre überlebt.

23. Ohne Niederlage hätten sie ihre Fehler nicht erkannt.

24. In dieser Klapsmühle regt mich alles auf.

25. Fake news spiegeln den Irrgarten der Informationen wider. Ich vermisse eine Menge Informationen bei ARD und ZDF?

26. Er hat vieles nicht gelernt, er findet sich nicht mehr zurecht im Leben.

27. Der Kahlschlag und die Übernutzung hat die Böden ausgelaugt. Es wachsen nur noch wenige Blumen auf diesem trockenen Boden.

28. Das ist der ganz normale Wahnsinn.

Die Welt ist eine große Kristallkugel. Wir schauen aus unterschiedlichen Richtungen hinein und erklären uns die Welt. Hat der hinter der Kugel ein falsches Bild? Aus seiner Sicht bin ich hinter der Kugel. Als erstes muß ich klären, ob er auch eine naturwissenschaftliche Brille auf hat oder ob er kurzsichtig ist. - Nun weiß ich immer noch nicht was fake news sind. - Falsche oder Fehlinformationen, z.T. bewußt gefälschte Informationen, d.h. Manipulationen. - Welche Rolle spielt die Art der Aufnahme? Was wird nur anders verstanden. Wie erkenne ich, was manipuliert wurde? Sind halbe Informationen auch Fehlinformationen? Eine halbe Wahrheit ist eine ganze Lüge.

- Das wird mir jetzt zu kleinkariert, zu sophistisch. - Sag mir einen wahren Satz.

- Heute ist der erste Tag einer aufregenden Zukunft. - Das stimmt, da hast du Recht.

## Die komplexe Welt

Gestern sprach ich mit einem Freund am Telefon. 49 Minuten.
Zwischendurch sagte er beiläufig: Man kann die Welt nicht mehr
verstehen, sie ist zu komplex. Der Satz kehrt immer wieder in
meinen Kopf zurück. Er meinte wahrscheinlich unterschwellig:
Ich kann die Welt nicht mehr verstehen, sie ist für mich zu
komplex.

Ich sehe täglich Leute, die den Eindruck machen, sie könnten die
Welt verstehen. Sie erklären, sie haben Hintergrundinformationen,
Beispiele. Ich sehe Fernsehmoderatoren, Wissenschaftler, Politiker,
Trainer, Sportler, Manager – alle sehr eloquent.

Ein Freund hatte eine gute Ehe. Plötzlich an Weihnachten sagte
seine Frau, sie liebt einen anderen, sie läßt sich scheiden. Die
beiden Kinder nimmt sie mit. Kann er die Welt noch verstehen, ist
sie zu komplex? Ein Mensch stirbt zufällig bei einem
Verkehrsunfall. Kann die junge Witwe die Welt noch verstehen? Ist
das gerecht? Hat Gott das gewollt? Die Fragen sind berechtigt. Sie
sind ein Selbstschutz. Objektiv gesehen geht das Leben weiter. Es
geht ohne die untreue Ehefrau, ohne den Toten, auch ohne mich
weiter.

Ich / man kann die Welt nicht mehr verstehen, sie ist zu komplex.
Was heißt mehr? Dieses mehr unterstellt, in früheren Zeiten war
dies möglich bzw. die Welt war weniger komplex. Das stimmt
nicht. Die Welt war, ist und wird immer komplex sein.

Selbstreflektion ist interessant. Ich kann mich aufteilen, mich von
zwei Seiten betrachten. Ich bin Idealist und Materialist, Geist und
Körper in einem. Mein Geist trifft manchmal dumme, blinde
Entscheidungen wie z.B. den Konsum von suspekten Lebensmitteln
oder Stoffen, die abträglich sind. Er geht zuweilen hohe Risiken ein
und überfordert meinen Körper. Der Körper reagiert mit Angst,

Abwehr, Erbrechen, Krankheit. Er ist klüger als der Geist, er kann unbewußt der Komplexität der Welt besser begegnen.

Ich / man kann die Welt nicht mehr verstehen, sie ist zu komplex. Als Kind las ich gern Indianerbücher. Eines war "die Söhne der großen Bärin" von Liselotte Welskopf-Henrich. Die Dakota-Häuptlinge Tasunka-Witko und Tatanka-Yotanka traten vor die Ratsversammlung und behaupteten: Ich verstehe die Welt. Alle wußten, der Häuptling versteht die Welt so, wie er sie sieht, mit allen seinen Erfahrungen und seinem Unwissen.

Ich / man kann die Welt nicht mehr verstehen, sie ist zu komplex. Was heißt verstehen? Verstehen meint, die natürlichen Vorgänge mit dem Bezug auf das Individuum erklären. Da dies für jeden Menschen individuell ist gibt es nur ein einzelnes Verstehen, kein allgemeines Verstehen. Ich kann die Welt nicht wie ein Grönländer, ein Australier oder ein Pole verstehen. Habe ich Angst vor Fehlschlüssen? Habe ich Angst vor dem Zerbrechen meiner Blase? Ich stelle mich und sage: So verstehe ich die Welt. Ich muß nicht alle Kompendien oder Wissensspeicher intus haben. Ich muß Überraschungen einpreisen, eine gesunde Unschärferelation erwarten. Ich muß mich trauen, eine eigene Meinung zu haben trotz unvollständiger Informationen. Mein Bild ist rund und es gibt blinde Flecken. Neue Informationen können das runde Bild zerbrechen – dann entsteht ein neues rundes Bild. Wie ist meine innere Einstellung?

Wenn ein Gebäude erschüttert wird ist das wie eine Gravitationswelle, ein Erdbeben. Es ruckelt kurz, dann verfestigt es sich wieder oder es stürzt ein und muß neu aufgebaut werden, so geschehen ab 1989 in der DDR.

Ich / man kann die Welt nicht mehr verstehen, sie ist zu komplex. In der Gegenwart ist ein Streben nach Perfektion sichtbar. Ich muß alle Infos haben um mir ein Bild machen zu können. Brauche ich alle Infos? Mir fällt Stanislaw Lem ein, ein polnischer Science Fiktion Autor. In einer Geschichte beschreibt er den Fehlstart einer

Rakete. Sie kippte kurz nach dem Start um und explodierte. Es stellte sich heraus, daß die KI der Rakete keine Entscheidungen mehr treffen konnte. Sie forderte permanent Daten von den Sensoren und erstickte im Datenstau, sie blockierte sich selbst. Der Hang zur Perfektion der Entscheidung war kontraproduktiv, er schuf Unsicherheit.

Wie gehe ich um mit Menschen, die ein anderes Verständnis haben? Zwei Opponenten diskutieren. Sie häufen Argumente auf, bis sie auf hohen Bergen stehen und sich laut zurufen müssen, sich anschreien. Wenn sie nicht die Fähigkeit haben, von ihren Bergen hinabzusteigen und sich im Tal zu treffen, wollen sie keine Lösung, sind unfähig dazu.

Wie soll man mit den tollen Welterklärern, Spezialisten, Experten, Virologen, Politikern, Managern umgehen? Alle Zuschauer wissen, diese Experten verstehen die Welt so, wie sie sie sehen, mit allen ihren Erfahrungen und ihrem Unwissen. Es gibt keinen Königsweg für das Verstehen der Komplexität der Welt. Blindes Vertrauen oder totale Ablehnung sind nicht die besten Optionen.

Der Satz "Man kann die Welt nicht mehr verstehen, sie ist zu komplex" ist nicht korrekt. Er sollte lauten: "Ich kann mir die Welt nicht mehr erklären, sie ist zu komplex für mich." Aber wer sagt das schon. Ich kann die komplexe Welt verstehen. Ich traue mich, jedes Puzzle in mein Weltbild einzupassen und akzeptiere die blinden Flecken und unliebsamen Dinge wie Unfälle und Katastrophen. Das Unverständnis für die Welt ist vielleicht Denkfaulheit, Hasenfüßigkeit, eine Bankrotterklärung. Es hilft mir nicht weiter. Ich bin mir selbst bewußt. Bewußt, daß da noch viele Unschärfen sind. Damit werde ich leben. Damit kann ich leben.

Ich sitze auf der Parkbank und schaue übers Wasser. Der See liegt ruhig, er dehnt sich weit aus. Ich habe Zeit, Wochenende. Was soll ich tun? Gestern Abend rief mich ein Freund an, wir könnten zusammen an die Ostsee fahren. Ein anderer Freund schlug sogar vor, nach Afrika zu trampen. Er ist begeistert von Leuten, die zu Fuß um die Welt laufen. Eigentlich ist mir das zu anstrengend. Was bringt mir das? Ich sitze hier und sinniere. Mir ist natürlich meine Gleichgültigkeit etwas ungeheuer. Ich kann mich schlecht motivieren. Soll man ein Ziel haben?

Letztens las ich in der Zeitung, daß eine Pfuhlschnepfe von Alaska nach Neuseeland flog und wegen schlechter Wetterbedingungen mittendrin umgekehrte. Sie flog Tausende Kilometer zurück ins Yukon-Kuskok-Delta. Forscher hatten die Schnepfe beringt und ihr den Namen 4BRWB gegeben. Der Artikel bedauerte das unsägliche Pech des Vogels und die Verschwendung von Kraft und Zeit. War es denn wirklich Verschwendung?

Wir beginnen viele Vorhaben und investieren Kraft, Geld und Zeit. Wir schmieden einen Plan und wollen ihn verwirklichen. So wie die Pflanze, die zum Licht wächst. Wenn wir die Unglücksfälle kennen würden, die uns begegnen, würden wir dann anfangen? Aber wir würden uns auf dem Weg auch nicht entwickeln. Dieser Tatendrang ist Natur gegeben. Ist der Drang gut oder schlecht? Können wir auf die Mithilfe des Nächsten hoffen? Ist der Mensch gut oder schlecht? Altruistisch oder egoistisch? Im Radio hörte ich einen Vortrag über das medial kolportierte Bild des Menschen in Bezug auf Katastrophen. Ein Soziologieprofessor befragt jedes Jahr die neuen Studenten, ob sie in einer egoistischen oder altruistischen Welt leben. Die Antwort der Studenten: der Mensch ist

überwiegend egoistisch. Soziologische Experimente bestätigen
jedoch: der Mensch ist überwiegend altruistisch. Er hilft gern, ohne
Hintergedanken. Die Vermutung ist, der Altruismus ist genetisch
geprägt, der Egoismus ist angelernt, eingeredet. Dem Menschen ist
außerdem eine intrinsische Motivation eigen. Er vollbringt Taten,
weil er glaubt, daß dies gut sei und anderen Menschen hilft wie z.B.
Blut spenden. Diese intrinsische Motivation wird allerdings bei
extrinsischer Motivation (Belohnung mit Geld o.a.) stark
eingeschränkt.

Warum sehe ich es als selbstverständlich an, daß ich geistig und
körperlich noch fit bin? Wieviel Zeit habe ich noch? Wie viele
Fehler kann ich noch machen? Weiß die Pfuhlschnepfe 4BRWB,
wieviel Zeit sie noch hat? Sie kann es spüren.
Ich will noch ein bißchen erleben. Also stehe ich auf und beginne
zum See zu laufen. Vielleicht kommt es wie bei 4BRWB und ich
habe bei meinen Vorhaben Pech. Vielleicht habe ich auch einen
Glückstag. Wer weiß das schon?

*Ein Lehrer und ein Leerer*

Es wohnte in Lehrte ein Lehrer. Er lehrte an einer berühmten Lehranstalt, er war ein bekannter Gelehrter. Er fühlte eine große Lehre in sich. Er lehrte an seinem Lehrstand mit viel Lehrmaterial. Die zahlreichen Lehreranwärter zahlten pünktlich Lehrgeld. Es herrschte kein Lehrermangel im Land.

Ein Leerer aus Leer leerte eine Lehranstalt. Er fühlte eine große Leere in sich. Er war kein Gelehrter. Trotzdem leerte er fleißig das viele zu leerende Material. Die Kunden zahlten pünktlich ihr Leergeld. Es herrschte kein Mangel an Leermaterial im Land.

Der Lehrer und der Leerer wohnten eng beieinander. Sie lernten sich nie kennen.

*Der Weg*

Ein Mensch geht seinen Weg. Der Weg führt durch Wiesen und
Wälder, über Hügel und Flußläufe, auf und ab. Irgendwann kommt
er an eine Weggabelung. Er nimmt den ersten Abzweig und läuft
weiter. Da sieht er einen anderen Menschen vor sich gehen. Er holt
ihn ein. Sie halten Abstand. Plötzlich stolpert der andere und fällt
hin. Der Mensch hilft ihm auf, sie kommen ins Gespräch. Da der
Austausch interessant ist und der Gesprächsstoff nicht ausgeht
laufen beide den Weg gemeinsam weiter. Irgendwann tragen sie ihr
Bündel gemeinsam und helfen sich gegenseitig. Dem Menschen
fällt auf, daß meist die Ideen des anderen umgesetzt werden. Er
fühlt sich ausgenutzt. Sie laufen trotzdem weiter.

-

An der Weggabelung oben nimmt der Mensch den zweiten
Abzweig. Die Wanderung entwickelt sich wie nach der ersten
Abzweigung. Diesmal ist er es, der meist bestimmt wo es langgeht.
Er überredet den anderen, die notwendigen Arbeiten zu erledigen.
Beide laufen gemeinsam weiter, der andere mit einem mürrischen
Gesicht.

-

An der Weggabelung oben nimmt der Mensch den dritten Abzweig.
Er sieht vor sich einen anderen Menschen laufen und hält Abstand.
Als der andere stolpert und hinfällt hilft er. Nachdem der andere
sich geschüttelt und gefunden hat läßt er ihn wieder vorangehen. Er
wartet, bis der andere einen genügend großen Abstand vor ihm hat
und geht dann weiter. Ein Gespräch will er nicht führen.

-

An der Weggabelung oben nimmt der Mensch den vierten Abzweig.
Er läuft geradezu. Da er hochgewachsen ist und lange Beine hat holt
er bald den vorangehenden Menschen ein. Beide schauen sich an.

Keiner sagt ein Wort. Der Mensch überholt und ist schon bald außer Sichtweite, weit voraus.
-
An der Weggabelung oben nimmt der Mensch den ... Abzweig.

Mir gefällt der Weg Nummer ... Welcher Weg gefällt dir?

"Ey, Alter, was glotzt du so?" - "Hey, Junge, ich sehe was, was du nicht siehst."
Im Park stehen in einiger Entfernung eine Gruppe Jugendlicher und ein Rentner. Sie wirken unentschlossen, ohne aktuelles Ziel. Sie schlagen die Zeit tot. Es ist sonnig, der Frühling holt tief Luft. Der Rentner genießt die würzige Luft und erfreut sich an den sprießenden Knospen. Die Jundlichen kicken eine kaputte Flasche und necken sich gegenseitig. Der angesprochene Jugendliche geht auf den Alten zu. "Was hast du gesagt?" raunzt er den Alten an. Er ist aus Langeweile ein bißchen auf Krawall aus. Der Rentner hebt den Arm und zeigt aufs Feld. Er antwortet ruhig: "Ich sehe das Haus da hinten. Es ist für meinen Geschmack etwas zu hoch." Der Junge schaut in die Richtung, sieht aber nur grüne Wiese. "Ey, du spinnst ja, da ist nichts!" - "Morgen kommen die Bagger. Alles wird weggeschoben, ruckzuck steht da das neue Haus, das seit langem geplant, diskutiert und projektiert wurde. Ich kann es schon sehen." Der Junge schaut ungläubig in die Richtung. Der Alte erzählt, daß er schon als Kind in dem Kiez war, daß damals Pferde dort weideten und Acker war und Sandwege. Es hat sich vieles grundlegend geändert.

"Ich sehe die Entwicklung. Die Veränderungen der Gegend. Wenn du willst, kann ich dir ein bißchen von der Geschichte hier erzählen." Der Junge bleibt still. Richtig Bock hat er auf alte Kamellen nicht. "Nein, laß mal."

Der Rentner blickt den Jungen intensiv an und fährt fort: "Ich sehe dein Talent. Du kannst gut Fußball spielen. Hast du einen Verein?" - "Nein, kein Bock." - "Du hast sicher auch andere Talente. Du solltest sie suchen." Der Alte holt weiter aus und hat die anderen im Blick. "Ich sehe eure Sorglosigkeit. Der Junge dort balanciert auf dem Balken. Er hält sich ganz gut, wackelt nur manchmal. Dabei ist sein Leben ein Balancieren auf einem schmalen Grat. Ich sehe den Tod." Der Junge schrickt zurück. "Emil ist kerngesund. Du brauchst mir keine Angst zu machen" entrüstet er sich. - "Der Tod sammelt auch vor der Zeit, es ist ein ständiger Kreislauf" entgegnet ruhig der Alte. "Da vorn ist ein Baum umgestürzt. Er stirbt ab, neue Pflanzen entstehen darauf. Heute Morgen habe ich vertrocknete Pflanzen in den Abfallbehälter geschafft. Weißt du, wieviele Lebenskreisläufe das Schwein schon hatte, dessen Wurst du heute Morgen gegessen hast? Ich sterbe jeden Abend wenn ich in den Schlaf falle und wache am Morgen wieder auf. Der Tod ist etwas selbstverständliches im Kreislauf der Natur."

Die anderen Jugendlichen kommen näher, darunter zwei Mädchen. "Was will denn der alte Knacker?" mischt sich ein kleiner drahtiger Bursche ein. Er ist übersät mit Tattoos und hat einen Irokesenschnitt. - "Er sagt, er wohnt hier. Morgen kommt die Abrißbirne." Der Junge will erklären. Er hat nicht richtig zugehört, denkt der Alte. Er spürt, wie eine Welle von Groll und Pathos in ihm anwächst. Die Respektlosigkeit und Gleichgültigkeit bringt ihn in Wallung. Sein Blick wird härter. Er möchte dem Jungen sagen: Ich sehe die Binden um euren Kopf. Die Augen sind fest verschnürt mit TikTok, Comic-Heften, virtuellen Welten. Seid ihr schon mal bei Sonnenaufgang eine Stunde lang barfuß über eine taufeuchte Wiese gelaufen? Und weiter: Ich sehe, ihr habt noch nicht das Gefühl kennengelernt, gebraucht zu werden. Daß jemand sagt, ich brauche dich, ohne dich schaffe ich das nicht, du machst gute Arbeit. Du fehlst, wenn du nicht da bist. Dieses Gefühl ist der Klebstoff, der dich hier festhält, der Dünger, der dich wachsen läßt. Es entsteht eine Pause, man hört nur das Zwitschern der Vögel. Die Luft ist voll von Frühlingsgesumm. Die Jugendlichen wissen nicht so recht, was sie von dem Alten halten sollen. Sie sehen seinen Hut und seine dicke Brille. "Sieht aus wie Reich-Ranicki" spottet ein intellektuell aussehender Bursche. "Was kannst du denn noch sehen?" provoziert er den Alten. "Ich bin nicht Teiresias, der alte griechische Seher. Doch ich sehe, ihr seid noch nicht abgestumpft, ihr habt offene Augen. Was siehst du, wenn du mich anschaust?" spricht er wieder den Jungen an. Der Bursche mustert den Alten von oben bis unten. Dann antwortet er: "Du bist ganz schön alt. Deine Hose ist verschlissen, der Mantel bräuchte ein update. Dein Rücken ist zwar ein bißchen gebeugt, du gehst aber noch nicht am Stock." Der Alte freut sich über die Beobachtung. Er fährt kryptisch fort. "Ich bin unsichtbar. Nur wenn ich den Mund aufmache und spreche kannst du mich sehen. Ich kann ein Freund sein oder ein Feind sein, ein Glücksfall oder eine beißende Schlange. Das weißt du noch nicht." Die Jugendlichen wirken unsicher. Sie verstehen die Worte nicht. Sie sehen einen runzligen Rentner vor sich, der Kauderwelsch erzählt. Die Alten sind schon wunderlich. Der Rentner ergreift wieder das Wort. Er will das Gespräch beenden und fügt hinzu: "Ich sehe die Zeit. Ihr seid sechzehn und habt noch Zeit. Ich sehe Kälte, Herzlosigkeit und Unwissen. Ich sehe eure Unsicherheit, der Welt nicht zu genügen oder sich lächerlich zu machen. Das ist normal. Wie der Vogel, der aus dem Nest fliegt und tolpatschig herumtorkelt. Ich sehe weiter Hilfsbereitschaft und Zärtlichkeit. Ich kann in das Herz sehen. Ich habe gesehen, wie ihr euch angeschaut habt. Einer ist verliebt." Die Jungen lächeln verlegen. "Das geht dich nichts an."

Sehen kann man lernen. So wie man atmen, gehen, klettern und schwimmen lernen kann. Aber wer findet schon den richtigen Lehrer? Der Alte schielt in die Sonne. Zuhause wartet seine Frau mit dem Mittagessen. "Vielleicht probiert ihr es mal in der Schule." Damit dreht sich er sich um, läßt die Jugendlichen verdutzt stehen und geht zielstrebig seinem Haus entgegen.

Ein Koch geht mit seinem Freund spazieren. Wir könnten mal nach Zittau fahren, sagt er zum Freunde. - Ich kenne nur Görlitz, dann ist die Welt zu Ende. - Aber ich war schon in Zittau. Es liegt 20 km südlich von Görlitz. - Das glaube ich nicht, sagt der Freund. - Und er hat Recht. Er hat es noch nicht gesehen, er war noch nicht da.

Der Koch lädt ihn zum Essen ein. Da sein Freund aber nicht schmecken kann, schmeckt für ihn alles gleich. Selbst beim köstlichsten Gericht sagt er: geht so, kein Unterschied. Und er hat Recht. Er kann halt nicht schmecken, kann keine Gewürze spüren. Hat er Recht, daß es keine schmackhaften Gerichte gibt?

Sie sehen auf der Wiese einen Maulwurfshügel. Der Koch erzählt, der Maulwurf in seinen Gängen kennt nur weichen und harten Boden, Wurzeln und Regenwürmer. Ein Maulwurf ist mal aus einem Hügel nach oben gekrochen. Er sah, obwohl er fast blind ist, Vögel fliegen. Er erzählte später in seinem Maulwurfsgang davon. Die Maulwürfe sagten, das stimmt nicht. Sowas gibt es nicht. - Und sie haben Recht. Unter der Erde gibt es keine Vögel.

Der Koch erzählt weiter, er habe den Kassenwart von Union Berlin getroffen. Der hatte 20.000 Karten für das letzte Heimspiel verkauft und auch am Tage beim Eintritt kontrolliert. Der Freund stand in dem vollen Stadion und sagte: hier sind keine 20.000 Leute drin. Das glaube ich nicht.

Bei einer Volkszählung in (Dresden) werden (550.000) Menschen gezählt. In jedem Stadtteil werden die Bewohner jeder Wohnung und jeden Hauses aufgenommen. Der Freund sagt dem städtischen Mitarbeiter, die Zahl glaube er nicht, man kann nicht alle zählen. Er läßt sich nicht mal auf eine Diskussion über die Fehlermöglichkeiten und die Größe der Unsicherheit der

Bevölkerungszahl ein. - Und er hat Recht. Er hat sie nicht alle selbst gezählt und ihm fehlt die Fantasie, wie so etwas laufen könnte.

Der Koch sagt, du bist wie der Junge, der reiten lernen wollte und stets vom Pferde fiel. Später sagte der Junge, reiten können ist angeboren, reiten kann man nicht lernen. Und er hat Recht. Wenn der Wille zum lernen fehlt, kann man nicht reiten.

Vor 100 Jahren entwickelte Manfred von Ardenne in Berlin den ersten Fernseher. Als in Horka jemand meinem Vater davon erzählte (er war 11 Jahre alt), sagte er, das könne nicht sein, sowas gibt es nicht. - Und mein Vater hatte Recht. Es gab im Jahre 1922 noch keinen Fernseher in Horka.

Berlin liegt auf 54° nördlicher Breite. Wenn ein Flieger mit seinem Kompass strikt nach Westen fliegt, kommt er bald wieder in Berlin an, er hat die Erde umrundet. Der Freund sagt, das kann nicht sein, er ist nur im Kreis geflogen. - Aber der Kompass zeigt ihm die gerade Richtung Westen an. - Dann ist der Kompass falsch. - Einen Kompass gibt seit es Hunderten von Jahren, damit waren Generationen von Seefahrern unterwegs. - Das glaube ich nicht. - Und er hat Recht. Er ist noch nie nach einem Kompass gefahren. Wissenschaftliche Geräte produzieren fake news.

Wenn ein Reisender nach Süden fährt, wird er über den Äquator auf die Südhalbkugel kommen. Er sieht dann nicht mehr die nördlichen Sternbilder. Er sieht dann nachts am Himmel die Sternbilder Luftpumpe, Schiffskiel, Fliege, Pfau, die kleine Magellansche Wolke. Der Freund sagt, das glaubt er nicht, das ist alles Computeranimation. - Und er hat Recht, er war noch nie auf der Südhalbkugel. Und er will auch nicht hin.

Der liebe Herrgott schuf viele Menschen. Viele können nicht schmecken, reiten, reisen, sehen, zählen, neugierig sein. Sie haben sich einen Standpunkt geschaffen, der verteidigt wird. Es ist vielleicht Trotz. Trotz kommt m.E. von Trutz, was Wehr oder Wehranlage bedeutet. Ich will in meiner Burg meinen Standpunkt verteidigen, keine feindlichen Argumente hereinlassen. Selbstschutz ist notwendig und wichtig. Ich will meinen Standpunkt nicht infrage stellen.

Ist die Neugier angeboren, seinen Standpunkt infrage zu stellen? Kann man diese Fähigkeit lernen? Es ist jedem die Neugier zu wünschen, es versuchen zu wollen: zu reiten, zu schmecken, zu sehen und die Fähigkeit, den Trotz zu überwinden.

Das Weltbild ist rund und nicht viereckig oder flach. Da, wo es blinde Flecken gibt, ist man neugierig, dies verstehen zu wollen. (Alles kann man sowieso nicht verstehen.) Die blinden Flecken machen nicht das Weltbild in Gänze zunichte, so daß überhaupt nichts mehr stimmt. Es bleibt rund. Der Freund ist ein Jünger von Karl Popper. Wenn ein Detail nicht stimmt oder zweifelhaft ist, stimmt alles nicht. Es gibt kein rundes Weltbild, wir können nichts wissen. Neugier ist Teufelszeug.

Der Koch ist pragmatisch. Wenn ein Detail nicht stimmt oder zweifelhaft ist, stimmt doch der Rest noch. Die Neugier wird eine Erklärung finden. Der Koch will den Standpunkt des Freundes verstehen. Er will die Abrißkante der Erde, das Ende des Festlandes und des Wassers finden. Erst dann ist die Aussage, die Erde ist flach, bestätigt. Mal schauen, ob er es schafft.

## *Die Krabbe*

Der Sand ist schön fest. Er ist feucht. Die Krabbe spaziert am
Strand und begutachtet den Morgen. Der Strand liegt leer. Die
Krabbe hält Ausschau nach möglichen Konkurrenten. Sie sieht
kleinere Krabben herumhuschen. Sofort stürmt sie hin und verjagt
sie. Das ist mein Strand, der gehört mir, denkt sie aufgebracht.

Ein Hund trottet langsam über den Sand. Die Krabbe sieht er
nicht. Er hat sich heute Morgen aus dem Appartment seines
Herrchens fortgestohlen und erkundet den Strand. Er mag keine
anderen Hunde. Wenn er einen hier erblickt, wird er ihn sofort
verbellen. Er ist groß und stark. Keiner will es mit ihm aufnehmen.
Das ist jetzt sein Strand. Wehe dem, der ihm zu nahe kommt.

Der Mann wacht spät auf. Er ruft den Hund, der allerdings nicht
kommt. Er macht die Tür weit auf und ruft nochmal. Der Hund
kommt gehorsam zurück. Der Mann krault den Hund an den Ohren.
Er ist Immobilienmakler. Erst gestern hat er den Zuschlag für
diesen malerischen Flecken Strand bekommen. Er plant eine
Wohnanlage, natürlich gemischt für alle Einkommensschichten. Die
Gemeinde verspricht sich einen Schub im Fremden-
verkehrsgeschäft. Er muß erst Investoren zusammentrommeln. Die
meisten haben nur laue Absichtserklärungen abgegeben. Morgen
wird er angreifen, heute will er faulenzen. Das ist jetzt sein Strand,
denkt er.

Der Außenminister schaut aus dem Fenster. Er hält eine offizielle
Note in der Hand. Das Nachbarland erhebt Ansprüche auf einen
kleinen Streifen Land am Meer. Im letzten Krieg sind die Grenzen
nicht klar benannt worden. Der betroffene Strand war seit
Jahrhunderten von dem Nachbarvolk bewohnt und genutzt,
behauptet die Note. Jetzt werden neue Verhandlungen gefordert.
Die Wortwahl ist höflich und bestimmt. Das kommt gar nicht in

Frage, denkt der Außenminister. Das ist mein Strand, da werden keine neuen Grenzen verhandelt.

Die Welt liegt friedlich in der Sonne. Ab und zu blasen unruhige Winde über die Länder. Der Geist des Westens schaut aufmerksam über die Völker und Länder. Er weiß, der Geist von Afrika oder der von Amerika, der Geist des Ostens oder der des Nordens versuchen sich auszubreiten. Doch das ist sein Revier. Der Geist des Westens ruft laut die westlichen Werte in alle Richtungen. Hier gilt die Aufklärung, die westliche Aufklärung. Die anderen Geister sollen sich fernhalten. Das ist sein Land mit allen seinen Völkern, Stränden und Gebirgen.

Die Erde fliegt gleichmäßig durch den Raum. Der Geist, der keine Zeit und keine Fantasie kennt, streift die Galaxien. Sein Blick fokussiert sich auf die Krabbe, den Hund, den Mann, den Außenminister, den Geist des Westens. Er hält inne. Was denken diese Geschöpfe? Wem gehört was? - Es ist alles ganz einfach.

Der Geist überlegt, warum steht da nicht: Ich fühle mich verantwortlich, ich will beschützen und erhalten? Die Krabbe, der Hund, der Mann, der Außenminister, der Geist des Westens können nicht weit genug sehen. Der tägliche Kleinkrieg ist zu groß.

Krieg! Zu den Waffen! An die Front! Wir müssen uns verteidigen! Wir müssen Unrecht vergelten!

Krieg ist ein sperriges Wort. Es ist fragil, wie ein schwerer Stein, mit scharfen Kanten. Krieg ist mit negativen Emotionen besetzt, mit Gewalt verbunden. Trotzdem wird das Wort oft gebraucht und ist vielerorts real. Wie ist ein Krieg einzuschätzen?

Wir besitzen ein kleines Häuschen am Rande der Stadt. Alles ist eingerichtet, wir fühlen uns wohl. Die Wiese leuchtet grün. Beim näheren Hinsehen ist viel Unkraut in der Wiese. "Da ist zuviel Unkraut, das muß weg!" Ich begebe mich in den Kampf mit dem Unkraut, ich gehe im Garten in den Krieg. Stimmt das?

Krieg ist ein mit Waffen und Gewalt ausgetragener Konflikt. Verletzung, Tod und Zerstörung bis zur Auslöschung einer Partei wird bewußt in Kauf genommen. Ungewollte Kolateralschäden bzw. Begleitschäden ebenfalls. Er zerstört Lebensgrundlagen. Der Kriegsgott Ares wurde früher als Vater der Nation bezeichnet, der Krieg als natürlich angesehen, wie z.B. die Brandrodung, die Raum für neues Leben schafft. Diese Einschätzung ist überholt und falsch.

Ein Krieg wird nicht aus dem Blauen heraus geführt, es gibt triftige Gründe. Es beginnt meist mit einem politischen und ökonomischen Krieg, der in einen militärischen Konflikt übergeht. Revolution ist oft Krieg. Die eine Seite kann nicht mehr, die andere Seite will nicht mehr. Interessen stehen diametral gegenüber.

Kriege werden aus den unterschiedlichsten Gründen geführt. Im Privaten werden Kriege z.B. um Kinder geführt. Das berühmteste Beispiel ist das Salomonische Urteil.

Zwei Frauen streiten um ein Kind. Um das Kind vor einer tödlichen Probe zu schützen läßt die wahre Mutter das Kind los. Liebe und Einsicht haben den Krieg beendet.

Homer beschrieb in dem Epos Troja einen der dümmsten Kriege der Antike. Aus verletzter Eitelkeit und Ehre (Paris hatte Helena, die Ehefrau des Königs Menelaus entführt) wurden zwei Streitkräfte aufeinander gehetzt. Lediglich ein Gott ähnlicher Krieger (Achilles, Sohn der Göttin Thetis) machte den Unterschied. Auf beiden Seiten mischten sich Götter mit ein. Ares half den Angreifern. Er wird als impulsiv und etwas töricht dargestellt, genauso wie Krieg halt ist.

In der Aufklärung versuchte man, die ultimative Notwendigkeit des Krieges zu überwinden. Es sollten zuerst Fragen nach der Sinnhaftigkeit und friedlichen Lösungen gestellt werden. Ein Beispiel ist die Ringparabel in Lessings Nathan der Weise. Der Sultan fragt, welche Religion die bedeutendste ist. Nathan erzählt von seinen drei Söhnen, dem liebsten will er seinen Ring geben. Der Ring hat die Fähigkeit, den Träger als angenehm erscheinen zu lassen. Da er alle liebt, läßt er zwei Duplikate anfertigen und schenkt allen einen Ring. Nach dem Tod des Vaters streiten die Söhne, wer den rechten Ring hat. Dieser Streit offenbart Charaktereigenschaften, die der Ring kompensieren soll. In der Parabel wird der Kampf der Religionen thematisiert, der oft in Kriegen ausartet. Es gibt keine beste, schönste, richtige Religion. Das friedliche nebeneinander Bestehen ist geboten, nicht Krieg und Vernichtung.

Eine gefährliche Situation kann man auch mit zwei Streithähnen beschreiben. Zwei Männer sitzen sich feindlich am Tisch gegenüber. Sie funkeln sich an, wollen sich an die Gurgel. Sie wissen unterbewußt, daß die Seiten vertauscht sein könnten, daß sie sich im Grunde selbst bekämpfen. Doch sie sind unfähig, eine friedliche Lösung zu finden. Oder sie sind unwillig, eine friedliche Lösung zu finden. Sie sind bockig, intolerant, engstirnig.

Auch die alten Chinesen beschäftigten sich mit den Eigenheiten des Krieges. Sun Tsu (chinesischer Heerführer im 4. Jahrhundert v.Ch.) schrieb: Jene, die jede Schlacht gewinnen, beweisen nicht höchstes Geschick. Es ist bessser, eine Nation unversehrt zu lassen als sie zu zerstören. Jia Lin: Gelingt es dir, das Land des Gegners unversehrt zu lassen, dann wird auch dein eigener Staat heil bleiben. He Yanxi: Die beste Politik besteht darin … den Gegner zum freiwilligen Aufgeben ohne Kampf zu bewegen.
Es wird immer eine gewaltlose Lösung favorisiert.

Eine Frage steht im Vordergrund: Was stimmt? Was ist richtig? Es heißt, im Krieg stirbt die Wahrheit zuerst. Das trifft auf die Zeit vor dem Krieg ebenfalls zu. Wer lügt, wer manipuliert? Was ist das Wesentliche hinter den Dingen?
Der General Carl von Clausewitz schrieb im 19. Jahrhundert: der Krieg ist eine bloße Fortsetzung der Politik mit anderen Mitteln. Also kommt es nur auf die beste Politik an, um den Krieg zu verhindern. Es gab und gibt viele Situationen, die kurz vor einem Krieg waren oder sind. Der Aufmarsch russischer und amerikanischer Panzer 1953 in Berlin, die Kuba- Krise 1962, der Zwischenfall am Ussurifluß UdSSR – China 1969, der aktuelle Konflikt Israel – Iran u.a.

Wie ist das Wesentliche hinter den Dingen erkennbar? Ist Fatalismus angebracht? Eine nüchterne Ansicht ist notwendig. Die Betrachtung eines Krieges kann mit drei Blättern (rot, blau, grün) erfolgen. Das erste rote Blatt enthält den Status quo, das Wort- und Waffengerassel, die Akteure, die Handlungen, die Zerstörungen. Wie lange hält der Krieg an? Wie steht es um die Motivation der Parteien?
Das zweite blaue Blatt enthält die Hintergründe. Wer hat warum begonnen? Wer ist Nutznießer? Sind Manipulationen (false flag operation, Verschwörungstheorien) offensichtlich?
Das dritte gelbe Blatt enthält den zukünftigen Stand. Was ist das Ziel? Welche Konflikte bleiben nach dem Krieg bestehen? Wer ist

Gewinner, wer Verlierer? Was wurde zerstört? Wer ist der Nutznießer?

Es wird viel über das rote Blatt diskutiert. Der Inhalt des blauen Blattes ist vielen bekannt, es wird nicht immer offen darüber geredet. Auf dem gelben Blatt taucht am Schluß immer eine Floskel auf: Das haben wir nicht gewollt. Trotzdem müssen sich alle der Verantwortung stellen. Die Politiker, die am lautesten schreien, sollten automatisch in die erste Reihe gestellt werden.

Bei der Bewertung des Krieges ist  Transparenz notwendig. Der Irakkrieg 2003 hätte nicht stattgefunden, wenn die Informationen der USA hinterfragt worden wären (sie wurden vorsätzlich nicht hinterfragt).
Krieg ist immer ein Kampf um Ressourcen, um Lebensgrundlagen. Die Akzeptanz des Lebensrechtes des Gegenüber ist unantastbar.


Am Ende kommt eine weitere menschliche Eigenschaft zum Tragen: Will ich das alles überhaupt sehen? - Wenn es um Krieg geht schon. 2020 gab es weltweit 29 Kriege.

"Ist er schon zum Kaffee erschienen?" Olaf schaut fragend seine Frau an. "Er wird schon kommen. Bisher war in dieser Beziehung auf Walter immer Verlaß." Projektingenieur Olaf hat Streit mit seinem Nachbarn. Bauer Walter von nebenan hat schon manchen Fluch in Richtung Olaf über den Gartenzaun geschleudert. Dabei fühlt der sich unschuldig. Im letzten Jahr hatte sich Olaf drei schöne große Windräder und eine 500 qm große Photovoltaik- Anlage in seinen Garten setzen lassen. Er ist nun völlig autark beim Strom, er speist an sonnigen Tagen sogar eine Menge Strom ins Netz ein. Der Wermutstropfen allerdings ist, daß die Anlagen direkt an der Grenze zu Walters Grundstück stehen, weit von Olafs Haus entfernt. Walter hat schon mehrmals protestiert wegen Randbebauung, Geräuschbelästigung und Mindestabstand. Es ging sogar bis vors Gericht. Doch Olaf fühlt sich im Recht. Der Gemeinderat und das Gericht hatten alles abgeschmettert. Jetzt hat er aber gehört, Walter hat sich große Spitzhacken, Hand-kreissägen u.a. besorgt, um die Anlagen beschädigen zu können. Er erfuhr auch von geplanten Molotov-Cocktails, die beim Nachbarn gebastelt würden. Das empörte ihn zuerst, dann hatte er Walter zum Kaffee eingeladen. Er will die Sache aufklären. Zufällig sind Samuel aus Amerika und Frederic aus Lyon zu Besuch, die will er als Unterstützung einbinden. Die entspannen das Gespräch sicher.

Pünktlich um drei kommt Walter gemächlichen Schrittes durchs Gartentor. Auf der Wiese ist die Kaffeetafel hergerichtet. Nach der förmlichen Begrüßung wird der blaue Himmel gelobt. Unvermittelt fragt Olaf Walter, was er mit dem ganzen monströsen Abrißgerät vorhat. "Ach, es gab im Baumarkt eine Sonderaktion. Da habe ich halt zugeschlagen." Walter will nicht über die Verwendung des schweren Gerätes sprechen. Es ist verdächtig, daß er auch nicht auf

die Windräder verweist, wo diese doch ständig einen
Schlagschatten über den Tisch wischen. Auch die riesigen
Sonnenpanele sind kein Thema. Olaf ist das ein bißchen
unheimlich. Plötzlich rumpelt es. Im Haus scheint etwas umgefallen
zu sein. Olaf erhebt sich vom Tisch und geht ins Haus.

Im Flur winkt ihm sein Sohn Andy eindringlich zu. Sie gehen in
ein Zimmer außer Hörweite. Andy bedeutet ihm, daß er wichtige
Nachrichten vom Nachbargrundstück hat. Davor kommt er aber auf
etwas anderes zu sprechen. "Hast du gestern Anne Filz in der
Abendschau gesehen? Sie stand vor unserem Zaun und erklärte im
Brustton der Überzeugung in die Kamera, die Polizei müsse sofort
die gefährlichen Geräte von Walter beschlagnahmen bevor Unheil
passiert. Ein präventives Vorgehen sei geboten." Die Journalistin
Anne Filz war ihm für ihre direkte Art bekannt. Eine Journalistin
muß halt überzeugend sein, egal welchen Blödsinn sie gerade
abläßt, dachte Olaf. Er erinnerte sich, wie sie vor vier Wochen im
Gespräch mit Walter das genaue Gegenteil betonte. Ein freier
Bürger darf sich wehren, erklärte sie eindringlich. Andy legt nach:
"Für die Journaille ist Moral doch wie eine abstrakte nüchterne
Formel, wie ein Gegenstand, den man von seiner Sonnenseite und
von seiner Schattenseite betrachten kann. Mal so, mal so. Dabei ist
Moral .. " - "Das reicht" unterbricht ihn Olaf. "Was hast du denn
von Walters Söhnen erfahren?" Andy schluckt. "Sie sagen, 10
Molotov-Cocktails sind fertig gebaut. Heute Nacht wollen sie die in
unser Haus schmeißen und uns abfackeln. Ist alles schon
abgesprochen. Walter ist bloß zur Ablenkung hier." Olaf wird ganz
blaß. Das hätte er nicht erwartet.

Vor seinem geistigen Auge erscheinen unerwartet und ohne
Zusammenhang die legendären Dompteure Siegfried und Roy. Mit
ihren Löwen und Tigern sorgten sie in Las Vegas für Furore. Bis
ein weißer Tiger 2003 Roy anfiel und schwer verletzte. Roy sagte
später, der Tiger Mantecore wollte ihn nur nach einem in der Show
erlittenen Schlaganfall retten. Der Tiger packte Roy am Genick und

wollte ihn von der Bühne schleifen. Dabei verletzte er ihn schwer. Roy konnte den Tiger und seine Motivation verstehen. Olaf überlegt. Kann man einen anderen wirklich verstehen? Kann ein Hirte das durchgehende Pferd verstehen? Olaf hatte Walter mal in einem Streitgespräch einen Simpel genannt. Es war ihm rausgerutscht, doch er hatte Walter die Beleidigung angesehen. Vielleicht hatte Walter sie auch als Überheblichkeit oder Demütigung empfunden, weil er nicht studiert war und nicht so klug wie Olaf. Weiß er, was in Walter vorgeht? Warum dieser Haß? Walter hatte lange gegen den Bau der Windräder und der PV-Anlage gekämpft. Olaf war halt der clevere. Er hatte Walter nicht ernst genommen, seine Argumente ignoriert oder mit Spitzfindigkeiten abgewiesen. Jetzt erscheint ihm manche erbitterte Diskussion in einem anderen Licht.

Andy hebt nochmals die Hand. "In der Abendschau haben sie noch was von NSU und  Entnazifizierung gesagt. Meinst du, Walter hat was damit zu tun?" - "Alles Blödsinn" stößt Olaf hervor. Er ist noch damit beschäftigt, die Motive für Walters Handeln zu suchen. Da kommt Samuel ins Haus. "Wo bleibst du denn? Du hast auf jeden Fall Recht mit deinen Anlagen. Keiner kann dir was. Übrigens hat mir mein Freund Cid aus LA gemailt, daß auf Satellitenbildern komische Aktivitäten auf Bauer Walters Grundstück auszumachen sind." - "Kannst du mir die Bilder schicken?" - "Geht leider nicht, Cid hat sie nicht mehr. Aber ich glaube Cid." Als beide wieder zum Kaffeetisch zurückkehren, erklärt Frederic gerade, wie in Frankreich eine Stopfleber entsteht. Bauer Walter ist ein ausgemachter Tierfreund, der Tierquälerei nicht mag. Das  weiß Frederic leider nicht. Sie sprechen noch eine Weile über die Trockenheit, die Straßensperrung im Nachbarort, die letzte Impfkampagne. Dann verabschiedet sich Walter. Er ist merkwürdig gefasst, fast zu ruhig. So als gäbe es nichts mehr zu sagen. Eine Klärung der Gerüchte kam nicht zur Sprache. Olaf überlegt: Heute ist der dreiundzwanzigste. Morgen ist der vierundzwanzigste. In der Nacht werden die Molotov-Cocktails fliegen, sein Haus wird brennen. Was soll er bloß tun? Welche Forderungen hat Walter eigentlich?


Vorschau:
Nachdem die Feuerwehr am vierundzwanzigsten Mittag den Brand gelöscht hatte, die Polizei den Attentäter dingfest gemacht und vor Gericht gestellt hatte, fragte der Richter den Delinquenten: Warum taten Sie das? Warum konnten Sie die negativen Motive nicht im Vorfeld ausräumen? Und Olaf fragte er: Sind Ihnen Fehler bewußt? Darauf Olaf: Ich habe keinen Fehler gemacht, ich bin unschuldig. Er denkt weiter: War das alles am dreiundzwanzigsten unvermeidlich? Kann man den Brand nicht einfach überspringen? Da kommt ein Wanderer des Wegs und sagt: Ja. Aber wer ist klug und willens, eine vorhersehbare Katastrophe zu verhindern?
(es scheint, wir können nur in eine Richtung denken; am vierundzwanzigsten Februar zweitausendzweiundzwanzig begann der Krieg im Osten)

*Unvermeidlich*

Ist der Mai kühl und naß, füllt's dem Bauer ... Dieses Jahr ist der Mai ein bißchen naß. Ich trete aus dem Haus und es regnet. Ich werde wohl bei meinem Spaziergang naß werden, das ist unvermeidlich.

Ein Radioreporter besuchte am 01.05.2022 Mariupol in der Ukraine und war erschüttert von den Verwüstungen und Zerstörungen der Stadt. Im Asow- Stahlwerk wurde noch gekämpft. Die Stadt selbst  wurde von russischen Truppen eingenommen. Am Stadtrand traf er einen Arbeiter. Im Gespräch fragte er: Was glauben Sie, war der Krieg und die Zerstörung Mariupols unvermeidlich?

Unvermeidlich klingt absolut. Wir müssen uns dem Schicksal beugen. Ein Pendant zu alternativlos. Es wird manches schnell als unvermeidlich apostrophiert. Das macht das Leben vielleicht einfacher. Ich hebe die Arme und lasse mich in das Schicksal fallen. Das letzte Stück Kuchen werfe ich nicht weg. Ich bin halt verfressen. Bei stärkerer Willensentscheidung wäre vielleicht noch ein Ausweg gewesen.

Das Wort unvermeidlich beschreibt, daß es keine menschlichen Anstrengungen vermocht hätten, ein Ereignis eintreten oder nicht eintreten zu lassen. Wie das Bewegen der tektonischen Platten auf der Erdkruste. Die entstehenden Spannungen zwischen den Platten entladen sich in Erdbeben oder Vulkanen. Es ist unvermeidlich. Im menschlichen Handeln kann dieses nicht eindeutig gesagt werden. Es kann viel vermieden werden. Die Analyse der Vergangenheit und der Gegenwart zeigt die Spannungen in der Welt, eine Prognose in die Zukunft ist möglich. Ende 2021 begannen die russischen Truppenkonzentrationen an den ukrainischen Außengrenzen. Westliche Militärexperten sagten den Krieg voraus. Er sei unvermeidlich. Doch ist das Wort unvermeidlich nicht ein

Schuldeingeständnis. Ist es bei diesem hohen Einsatz nicht schon grob fahrlässig, den Krieg Schulter zuckend beginnen zu lassen? Krieg und Leid wird vorausschauend akzeptiert. Wer will sich nicht bewegen? Haben alle Seiten alles bedacht und getan, den Krieg zu verhindern? Der erste Satz nach dem Krieg in den Trümmern lautet immer: das haben wir nicht gewollt.

Die östliche und die westliche Lebensweise sind deutlich verschieden. Es gibt in allen Gesellschaftssystemen Pferdefüße. Natürlich sind die Pferdefüße auf der Gegenseite größer. Aber auf welche Art können wir diese verändern? Ist der westliche Kapitalismus (in bester Ausgestaltung soziale Marktwirtschaft) das Non Plus Ultra? Es gab in der Vergangenheit Verträge, die die Spannungen zwischen den Blöcken einfroren und Kriege verhinderten. 1973 in Helsinki wurden z.B. gegensätzliche Positionen akzeptiert. Es wurden "Einflußsphären der Großmächte" berücksichtigt.

Die Politiker, Manager, Medien, Philosophen setzen das Narrativ. Es ist laut hörbar und sichtbar. Es kommt von der Sonnenseite. Wird das Narrativ von der Schattenseite der Gesellschaft geteilt? Eine Diskussion kann man sich als Haus mit vielen Zimmern vorstellen. In den vorderen Zimmern sind die unmittelbaren, aktuellen Ereignisse zu sehen. In den hinteren Zimmern sind die weit gefaßten Anschauungen (Abstraktionen, Metaebenen) vorhanden. Es wollen nicht alle in die hinteren Zimmer gehen, sie wollen nicht diese Gedankensprünge machen. Doch das ist unvermeidlich. Es ist unvermeidlich, daß wir miteinander reden müsssen. Beide Seiten haben ihr Narrativ. Wie gehen die Worte, die Sätze miteinander um? Der Buchstabe Z für Zorro wird angeblich von russischer Seite vergewaltigt. Das Wort Versteher klingt provokativ und falsch. Die Worte Sieg, Niederlage, Unterstützung, Eigeninteresse, schwere Waffen … werden neu dekliniert. Das Wort unvermeidlich ist dabei tabu. Aber will jemand, der nur über Waffenlieferungen spricht und Pazifisten als Gegner sieht eine

diplomatische Lösung? Eine Argumentation ist, der Gegner ist
krank und will sich nicht bewegen. Man kann mit ihm nicht
verhandeln. Diese Einstellung besagt im Umkehrschluß, man selbst
will/ kann nicht verhandeln, es gibt ja keinen Verhandlungspartner.
Besser ist es, Haubitzen, Munition und Kampfpanzer zu schicken.
  Jeden Tag sterben 350 Menschen auf beiden Seiten in diesem
Krieg, jeden Monat
10 000 Menschen. Wir im Westen werden nicht kriegsmüde. Wir
liefern Waffen, das können wir. Wie lange können/ wollen die
Kriegsparteien den Blutzoll bezahlen? Warum haben die Russen so
wenig Bodentruppen? Ist es unvermeidlich, daß in Kürze junge
ukrainische Frauen an den Haubitzen in Deutschland ausgebildet
werden, da die Männer gefallen sind? Es ist unvermeidlich, daß
unsere Waffenlieferungen im Oktober, November, Dezember
monatlich 10 000 Tote ermöglichen. Wird Odessa bald so aussehen
wie Aleppo in Syrien? Ist ein Krieg mit dieser Logik/ Politik in
Asien unvermeidlich? Warum wird der Einsatz von Kernwaffen
relativiert bzw. als logische Folge dargestellt? Wer beantwortet die
alte griechische Frage: wem nützt es (cui bono?)

  Sergij Gajdaj ist der Gouverneur von Luhansk. Der Reporter
überlegt, der Krieg tobt seit 2014. Wenn er am 01.02.2022 den
Gouverneur gefragt hätte, ob die Eskalation des Krieges
unvermeidlich ist, was hätte der Gouverneur wohl gesagt? Hätte er
mit tapferer Brust der Ausweitung des Krieges und der Verwüstung
zugestimmt?

  Ich beende meinen kurzen Spaziergang und komme ein wenig naß
zurück. Die Nässe fühlt sich noch nicht ungemütlich an. Ich denke,
es fällt allgemein zuwenig Regen. Der Boden braucht mehr
Feuchtigkeit. Aber das ist bei der aktuellen Großwetterlage
unbedeutend.

PS:
China emittiert mehr CO2 als alle G7- Staaten zusammen. Neue
Kohlekraftwerke werden gebaut. Da war doch noch was. Es ist
unvermeidlich, darüber zu sprechen.

Wir sind sehr nah am Krieg. Die Bilder in den Medien sind schwer auszuhalten. Es werden im Morgenmagazin Kriegsbilder aus Charkiw gezeigt – Schnitt - ein Kindergarten, in dem die russische Armee eine Zentrale hatte und ungestüm aufgebrochen (geflohen?) ist, Essenreste sind auf den Tellern zu sehen – Schnitt - die Leichen auf den Straßen von Butcha – Schnitt -  es sind schon über 4 Millionen Menschen aus dem Lande geflohen – Schnitt - eine Pressekonferenz von Wolodymyr Selensky mit Boris Johnson : wir schicken weitere 120 gepanzerte Fahrzeuege und 2000 Stinger - Raketen – Schnitt – zerstörte Hochhäuser in Mariupol – Schnitt - Ursula von der Leyen in Kiew: wir erwägen die schnelle Aufnahme der Ukraine in die EU, nach dem Krieg muss die Ukraine wieder aufgebaut werden – Schnitt – der überfüllte Bahnhof von Warschau – Schnitt - Franziska Giffey in Berlin: wir müssen die geflohenen Menschen auf alle Bundesländer verteilen, Berlin kann nicht alles stemmen – Schnitt – meine Nachbarn haben vier ukrainische Frauen und Kinder aufgenommen, sie sind völlig erschöpft – Schnitt – Deutschland hat 500 Millionen als Unterstützung für die Ukraine zugesagt, die USA 1,5 Milliarden – Schnitt – die Ukraine fordert, die NATO soll eine Flugverbotszone über der Ukraine sicherstellen – Schnitt – eine deutsche Zeitung tituliert: Putin will die Ukraine auslöschen – Schnitt -  in Jemen sind in den letzten Jahren über 100 000 Menschen in dem Bürgerkrieg gestorben, 13 Millionen sind von einem Hungertod bedroht – Schnitt – weltweit sind 80 Millionen Menschen auf der Flucht vor dem Krieg – Schnitt – in den Haag ist der Bandenführer Abd-Al-Rahman wegen Verbrechen gegen die Menschlichkeit in Darfur vor Gericht gestellt worden – Schnitt – Lügen in den russischen Medien, die Propagandaschlacht ist gewaltig, 70% der Russen stehen hinter Putin – Schnitt - im polnischen Przemysl ist die Hilfsbereitschaft der Polen groß –

Schnitt – Victor Orban hat sich für humanitäre Hilfe ausgesprochen, er hat die Wahl mit Zweidrittelmehrheit gewonnen – Schnitt – die Bundeswehr bekommt einen Sonderfonds von 100 Milliarden Euro – Schnitt – in dem Autokorso der Russen gegen den Krieg fuhren viele Autos mit einem großen "Z" mit - Schnitt – Putin soll vor das Kriegsverbrechertribunal gestellt werden – Schnitt – die Gaslieferungen können wir nicht sofort stoppen, das erzeugt Chaos in der deutschen Industrie (Robert Habeck) – Schnitt – die Russen werden bei allen Sportevents ausgeladen, die Formel eins findet nicht in Sotchi statt – Schnitt – mein Geldgeschenk habe ich in Lebensmitteln an die Ukraineflüchtlinge gespendet – Schnitt – wöchentliche Talkshow: Wie können wir die östlichen gegen die westlichen … andersrum – die westlichen gegen die östlichen Werte verteidigen? Was sind die und wieso? - Schnitt - Brüssel: wir verteidigen in der Ukraine die westlichen Werte – Schnitt - Verteidigungsministerin Christine Lambrecht stellt die Bundeswehrmission in Afrika infrage. Im Mai wird über die Fortführung in Mali abgestimmt – Schnitt – ein russischer Panzerfahrer hat seinen Kommandanten überfahren – Schnitt - Kennst du Jewgeni Jewtuschenko "Meinst du, die Russen wollen Krieg?" - Schnitt – Frau und Kinder von Vitali Klitschko engagieren sich stark in Hamburg – Schnitt – im Kriegsgebiet werden Massengräber gefunden -Schnitt - ……

Die Gegenseite ist der dunkle, nebulöse, böse Feind. Ist eine Verhandlung möglich oder sinnlos? Wer spricht vom Ende des Krieges? Wer erörtert diplomatisches Vorgehen? Waffen liefern ist wichtig. Die Ukrainer sind alles Helden. Sie kämpfen bis zum Umfallen. Wir können ihnen noch 500 Panzer liefern. Sie werden kämpfen bis zum Sieg der Ukraine. Es bleibt kein Stein auf dem anderen. Die Bilder im Fernsehen sind brutal. Ständig Tod und Vernichtung in Großaufnahme. Ständig Emotionen auf allen Kanälen. Ständig mit der Nase (der Kamera) im Dreck. Die Medien zerren uns mit der Nase über den blutigen Asphalt. Beide Seiten setzen auf Emotionen, verteufeln sich gegenseitig, reißen Brücken ab. Über welche Brücke will man später gehen?

Denkt ein Feldherr oder Politiker emotional oder rational, wenn er den Krieg beenden will? Was denken die Menschen? Warum lachen sich Ares und Luzifer die Hucke voll?

# *TTT*

Letztens werkelte ich ein bißchen im Garten. Ich strich zum Schluß das Holzgerüst mit einer Lasur. Dabei verrenkte ich mich derart, daß ich mit dem Kopf an das frisch gestrichene Holz stieß. Ich hatte einen schwarzen Fleck auf dem Kopf, den ich allerdings nicht sah (meine Frau wies mich darauf hin). Ich vergaß den Fleck. Auf Arbeit gab's keinen Kommentar, obwohl ich doch komisch aussehen mußte. War es vielleicht nicht schicklich, mich auf das Malheur hinzuweisen, ein Tabu?

Gestern Abend in der Quizshow fragte der Moderator, was die Abkürzung TTT bedeutet. Der Strahlende auf dem Stuhl riet: Teetassenteller, Tischtennisturnier, Tagtraumtrash, tibetanisches Tanztheater … Ein Ossi meldete sich: Tausend Tele Tipps – alles falsch. Die richtige Antwort lautete diesmal: Tausend Tabu Themen. Wir sind umgeben von tausend Tabus.

Das führt zu der Frage: Was ist tabu? Eine persönliche Unzulänglichkeit anzusprechen vielleicht? Du bist zu dick. Dir wachsen Haare aus der Nase. Du bist unintelligent. Du hast ein Loch in der Hose. Es gibt auf allen Ebenen Tabuthemen. Zwei Millionen Analphabeten leben in Deutschland, sie können nicht lesen und schreiben. Diese Unfähigkeit zuzugeben ist tabu. Tabus in der Ehe zeigen sich, wenn das vermutete Fremdgehen nicht angesprochen wird oder von dritter Seite Gewalt in der Familie bemerkt wird. Im Geschäft kann es bedeuten, die drohende Pleite des Geschäftspartners nicht zu hinterfragen. In der Politik ist oft tabu, wenn etwas offenkundig widersprüchlich ist. Wie gehen wir mit Skeptikern um? War das gemeinsame Wellnesswochenende ein Geschenk oder Bestechung? In der Kunst kann das Thema tabu sein, wenn ein Kunstwerk nicht unterscheidbar ist zwischen Müll und Kunst. In der Medizin ist eine Diskussion tabu, wenn Homöopathie bessere Ergebnisse erzielt als die Schulmedizin.

Unser Geschichtsbild lebt mit der Tabufrage: Bist du stolz, ein Deutscher zu sein? Ein Tabu im persönlichen ist an vielen Ecken der Zweifel. Ich habe so ein gutes räumliches Gedächtnis, ich verlaufe mich nie. Ich zweifle nicht an mir. Zuviele Zweifel bedeuten Minderwertigkeitsgefühle. Zweifel auszuschließen ist Ignoranz. Wir sind unserem Selbstbewußtsein schuldig, nur wenige Zweifel zuzulassen, wir haben ja schon viel Erfahrung und können einschätzen. Zweifel (an der Medizin, Politik, Geschichte, menschlichen Fähigkeit … ) sind nicht tabu, sollten aber nicht zum Monster werden.

Wir waren an Ostern südlich von Berlin in einem Ort nahe Trebbin. Dort lebt eine christliche Gemeinde, die sich Friedensstadt nennt. Wir trafen den Gärtner. Er sagte Worte, die von Jesus Christus stammen könnten. Er sprach von dem Phänomen, daß je mehr die Leute besitzen, desto unzufriedener werden sie. Er selbst ist vor zwei Jahren hierher aufs Land gezogen. Er wollte dem Tanzen um das goldene Kalb nicht länger zuschauen und ist aus der Stadt geflüchtet. Er hat den Eindruck, viele haben den Respekt vor der Natur verloren, haben keine Wertschätzung mehr der Natur gegenüber. Ist Luxus ein Tabu? Ist das kritische Hinterfragen des christlichen Glaubens ein Tabu?

Ostern wird am Frühlingsanfang gefeiert. Es ist ein Gleichnis. Die Tage charakterisieren Stationen in unserem Leben. Am Gründonnerstag stehen wir vor einem Scherbenhaufen. Das meiste ist kaputt, es geht nicht weiter. Am Karfreitag fällt die Katastrophe über uns her. Unsere Pläne werden zum Tode verurteilt und gekreuzigt. Niederlage und Zerstörung herrschen. Am Ostersonnabend dann die Ruhe nach der Katastrophe. Wir wandern zwischen den Trümmern unserer Träume, klagen und trauern. Am Ostersonntag geschieht das Wunder, die Verkündigung. Der riesige Stein wird von unserer Seele weggerollt, neue Ideen entstehen, eine gute Botschaft wird verkündet. Zwischen den Trümmern wachsen Blumen der Hoffnung. Am Ostermontag materialisieren sich die Ideen. Der Aufbau beginnt. Brot wird in einem neuen Sinne gebrochen. Ein neuer Bund mit neuen Mitstreitern entsteht. Der Tod ist überwunden.

Ostern ist unvermeidlich, es kommt jedes Jahr wieder. Das Rad der Geschichte rollt immer in der gleichen Manier. Jedes Jahr ist Karfreitag - Tod und Zerstörung geschieht, damit Neues aufgebaut werden kann. Doch ist jede Zerstörung, jeder Krieg unvermeidlich oder notwendig?

Die Ökonomen kennen die Tabu- Frage nach dem permanenten Wachstum. Es ist ein Mantra, daß die Wirtschaft nur funktioniert, wenn sie ständig wächst. Das ist irreal, wird aber nicht thematisiert. Schon das Suchen nach einer Lösung ohne Wachstum ist tabu, auf Kosten anderer leben ist normal. Die Medien suggerieren das Ziel: Luxusleben. Der Widerspruch zwischen Rationalität und Sucht ist offensichtlich. Wir fahren mit großer Geschwindigkeit und sehen die kaputte Straße voraus. Wir gehen nicht vom Gas. Die klare Vorausschau ist ein Tabu. In den letzten 100 Jahren hat sich die Zahl der Menschen auf dem Planeten verdoppelt. Ein Bevölkerungswachstum in dieser Geschwindigkeit ist von der Erde nicht zu verkraften. Alle wollen einen angemessenen Lebensstandard. Und angemessen ist, was wir Deutschen wollen.

Wir sind wie ein Schnüffler. Ein Hund, der die Nase nah am Boden hält und schnüffelt. Wir sind zu nah am Luxus, den täglichen Annehmlichkeiten, nicht mehr fähig zu abstrahieren. Vielleicht wollen wir uns ja ablenken und nicht vorausschauen.

Bei Entscheidungen zwischen Leben und Tod gibt es Tabu's. Aktuell ist die Zahl der Abtreibungen in Deutschland auf einem Tiefststand. Diese Zahl ist geboren aus Tabus. Das selbstbestimmte Sterben ist tabu. Kein Anfang ohne Ende, kein Ende ohne Anfang. Krankheiten sind tabu. Die Depression geht keinen etwas an. Jedes Jahr 10 000 Suizide.

In der Politik sind Diskussionen über strategische Sicherheitszonen tabu. Wer darf eine Sicherheitszone fordern? Ich möchte um mein Haus eine strategische Sicherheitszone von 500 m einrichten. Kann ich mir dafür 10 Kernwaffen bestellen? Was sagen die Nachbarn dazu? Was mache ich, wenn die einfach selbst Kernwaffen aufstellen?

Im Krieg sind Entscheidungen für oder wider eine Partei oft tabu. Du mußt dich entscheiden. Pazifismus geht nicht. Die Frage nach den Ursachen vor dem Krieg wird tabuisiert. War die Entwicklung im Januar 2022 unvermeidlich?

Ein Tabu ist eine Schranke. Unbequeme Fragen erscheinen, der eigene Standpunkt wird infrage gestellt. Ein Tabu ist ein emtionaler Überlastungschutz, wie ein FI- Schalter. Bei zu hohem Strom springt die Sicherung 'raus. Deshalb wird davor ein Tabu gesetzt. Es ist eine Schranke vor einer Beleidigung, einer Enttäuschung, einem Affront. Tabu heißt, eine Frage nicht zuzulassen. Diese Frage darfst du nicht stellen. So darfst du das nicht sehen. Ein Tabu ist ein Stoppschild. Bis hierher und nicht weiter denken.
Ein Tabu zu brechen bringt die Notwendigkeit, über den Schatten zu springen, Mut zu haben. Ich muß mir meine Faulheit und Trägheit eingestehen bzw. ich kann mich beherrschen.

Tabuthemen gibt es viele. Sie helfen, den Tag zu überstehen und friedlich miteinander umzugehen. Sie machen auch irre. Es ist nicht schön, daß es sie gibt. Aber wir müssen damit klarkommen.


Was ist noch tabu?
an der grünen Ampel anzuhalten
Witze über das Vaterland zu machen. Vor 100 Jahren schrieb Kurt Tucholsky: Wenn ich einen Witz darüber schreibe sitzt halb Deutschland auf dem Sofa und nimmt übel.
die Höhe der Spende zu kritisieren
die Frage: sind wir die guten? (wir sind die guten!)
Wörter wie Neger, Zigeuner, Führer, Versteher

während der Ansprache des Chefs zu lachen
Anzüglichkeiten über den Toten bei der Trauerfeier
das Brautpaar zu kritisieren
Witze über die Schwiegereltern oder die Nachbarn, die am Tisch
sitzen
Ratschläge an den Koch in der Küche beim Kochen
zweideutige Bemerkungen nach dem Frisör
wegen Mobbing eine Kur zu beantragen
mit der Schauspielerin über den Widerspruch Alter und Aussehen
zu philosophieren
sexuelle Übergriffe
die Institution der Queen infrage zu stellen
die Botoxlippen des Gesprächspartners anzumerken
wenn Kinder am Tisch sagen: Vater, du hast unrecht
positives im DDR- Leben zu suchen
im Arbeitsamt über Beamte lästern
die Fähigkeiten der Kinder der Freundin anzweifeln
den Geschmack bei der Inneneinrichtung während der
Hauseinweihung zu thematisieren
als Fan die gegnerische Mannschaft gut zu finden
wenn die Schnürsenkel einen anderen Farbton haben als die
Fingernägel

Ein Mann führt einen Schwachen. Der Schwache fällt in ein Loch.
Warum hast du ihn in den Krieg fallen lassen?

*Kommt ein Vogel geflogen*

Auf der Terasse sitzen ist schön. Friedlich, warm, ruhig. Die
Terasse ist ein Refugium. Ich sehe die Nachbarin durch den Garten
schlendern. Manchmal übt sie Yoga auf dem Rasen. Meditieren
wäre gut. Die anderen Nachbarn räumen die Blumen von einer Ecke
in die andere. Der grüne Rasen beruhigt. Ich döse ein. Vor meinen
Augen kommt ein Vogel vom Himmel geflogen. Als er nah genug
ist sehe ich, daß es ein Raumschiff mit Außerirdischen ist. Wir
müssen uns aneinander gewöhnen. Als die Situation nicht mehr so
skurril ist fragt mich ein Alien: "Bei euch auf der Erde ist ja ganz
schön was los. Zwar gibts große leere Flächen, doch auch viele
Ameisenhaufen. In Europa ist uns ein großer Truppenübungsplatz
aufgefallen. Da wird Kriegsmaterial herangeschafft. Ist das ein
Testgelände?" Ich kläre die Alien über die Menschen im
allgemeinen und im besonderen auf. Einiges bleibt allerdings
unerklärlich. Ein Sturm zieht gerade über Europa hinweg. Die
Menschen im Auge des Sturmes erleiden schlimmes. Die am Rande
haben gute Ratschläge. Und alte Waffen. Aber ein
Truppenübungsplatz ist es nicht. Es ist blutiger Ernst.
Ich öffne die Augen und bin wieder hier. Die Alien sind
weitergeflogen. Noch ist auf dem Rasen alles ruhig. Ein Freund
kommt vorbei. "Hast du das neueste von WP gelesen?" WP ist der,
dessen Namen man nicht sagen darf. Nicht in Zusammenhang mit
Frieden. Mein Freund ist Internet süchtig. Eine schlimme
Krankheit. "Odessa ist dran. Ein Sturm steht bevor. Das beste wäre,
sie hängen an jeden Panzer eine WebCam. Dann weiß man immer,
was passiert." Ich erinnere mich an vergangene Kriege. In meinem
Bücherzimmer steht im Regal ein Fotoband vom amerikanischen
Bürgerkrieg 1862 - 65. Fotografieren kam damals in Mode. Krieg
schauen auch. Die Städter zogen mit ihrer Sonntagskleidung und

dem Picknickkorb vor die Stadt und wollten sich vom
Kriegsschauplatz unterhalten lassen. Eine irre Situation. Heute kann
man von Berlin aus mit dem Flixbus ins Kriegsgebiet fahren.

Die Berichterstattung irritiert mich. Sieg oder Niederlage. Was die
Worte konkret bedeuten ist nicht ganz klar. Sieg wäre für mich
schon Wafenstillstand. Doch Pazifismus geht nicht.
Entschlossenheit und Stärke. Die tapfersten Reden schreiben die,
die sich noch eine Tasse Kaffee aus der Küche holen können.
Kaffeetassenjournalisten und ThinkTankAnzüge geben die
Richtung vor. Sie schreien die Friedlichen nieder. Kämpfen. Für die
westlichen Werte. Wo ist der Krieg gerade? Da geht es doch um
ukrainische Werte, oder?

Ich staune, daß noch keiner WP mit Napoleon verglichen hat. Der
stand vor 210 Jahren am Fluß Bug in Polen und schaute gierig
Richtung Osten. Napoleon konnte keinen Frieden, er konnte nur
Krieg. Er hatte die beste Armee damals. Die Russen haben ihn
ausgetrickst. Sie haben Moskau einfach geräumt. Hat Napoleon sich
in Moskau als Sieger gefühlt? Die Kaffeetassenjournalisten und
ThinkTankAnzüge sagen, WP steht am Dnepr und schaut bis zum
Atlantik. Wie kommt man zu so einer Fantasie? Glauben sie daran
oder ist das Broterwerb? Die Vereinfachungen verstehe ich auch
nicht.
144 Millionen werden auf eine Person reduziert. War die DDR auch
nur EH?

Mein Freund verabschiedet sich. Das Bier macht schläfrig. Ich
döse nochmal ein. Ein Mann tritt auf. Er hat zwei Hände. Eine Hand
ist offen und bietet Frieden an. Die andere ist geballt und bereit zum
Zuschlagen. Viele Leute sehen nur auf die Faust. Für sie ist die
Friedenshand unsichtbar. Sie ist gedanklich amputiert. Die
Friedlichen werden hart attakiert. Frieden geht nur mit der Faust
sagen die Falken. Es ist viel vom Bösen, vom Teufel die Rede. Die
Leute wollen Aufregung, action. Teuflisches verkauft sich gut.
Dann sind da die Trolle. Berge von Kokain auf

Politikerschreibtischen. Eine 500m hohe Flutwelle nach einem Raketenangriff. Bei einem russischem Sieg werden alle Ukrainer erschossen oder in Umerziehungslager gesteckt. Die Nachrichten sind so primitiv, das ist offensichtlich. Die Kaffeetassenjournalisten und die ThinkTankAnzüge wissen, wo sie drücken müssen. Vielleicht wollen sie ja den Unwillen am Leben erhalten. Mit dem Teufel muß man nicht verhandeln, der ist irrational. Man kann die Argumente einfach vom Tisch wischen und muß sich nicht damit beschäftigen. Wer verteufelt, schiebt den Stuhl vom Verhandlungstisch weg. Eine Verhandlung ist nicht möglich.

 Ein anderer Mann tritt in meinem Traum auf. Beide Männer streiten sich. In den Schimpftiraden kommen immer wieder die Worte Nazi und Jude vor. Die Wörter sind wie rote Tücher, pure Provokation. Ich sehe beide an. Immer, wenn einer losschreit, dreht sich der andere um und kneift die Augen zu. Es ist offensichtlich, daß keiner dem anderen zuhören will. Ich sinniere, die Menschen sind doch stolz auf ihren kühlen klaren Verstand. Warum das? Viele Menschen sind wie Kinder. Sie leben im Augenblick. Je älter man wird, desto mehr erwirbt man die Fähigkeit, in der Vergangenheit, der Gegenwart und der Zukunft zu leben. Den Schritt Richtung Zukunft verweigern viele.

 Ich kenne noch nicht die Ziele von WP. Er scheint ein Pokerspieler zu sein. Oder wie ein Kind, das einen Berg von Geschenken will und im Grunde nur ein bestimmtes will. Mir sind die Ursachen und Gründe noch nicht klar. Was ist das Wesen hinter den Dingen? Will WP das große alte Zarenreich oder die Sowjetunion in alter Größe zurück? Und wenn einer das sagt, sagen das auch die anderen 144 Millionen? In diesem Krieg wird es keinen Sieger geben. Das wissen vor allem die einfachen Russen und die einfachen Ukrainer. Ein Sieg ist nur was für die oberen Schichten. Eigenartigerweise wird die Achillesferse von WP nicht kommentiert, die schlechte Moral der Armee.

Vielleicht braucht es den Aufstand der Mütter der Gefallenen, damit
ein Umdenken stattfindet.

Was kann Diplomatie? Diplomatie geht nicht nur über die
Hauptstraße. Die ist gerade Baustelle und gesperrt. Diplomatie geht
auch über Nebenstraßen. Wir leben nicht in einer
Behinderteneinrichtung, wo die Parteien klar sind. Man darf dem
Behinderten nicht den Mund zukleben, man muß mit ihm sprechen.
Wir müssen miteinander sprechen.
Kann ein Bürgermeistertreffen Gespräche bringen? Traut sich
Hamburg Sankt Petersburg einzuladen? Oder Berlin Moskau, Kiel
Archangelsk, Desden Wolgograd, München Gorki, Bremen
Wladiwostok? Die einfachen Leute ticken anders. In Israel gibt es
Fußballmannschaften, in denen Juden und Palestinenser gemeinsam
spielen.

Wir sind noch im flachen Fahrwasser der Gespräche. Die schrillen
Töne zeigen, daß es noch nicht möglich ist, Kompromisse zu
verhandeln. Einige sagen, WP ist krank, wir werden nie in das tiefe
Fahrwasser kommen. Auf dem Grunde des tiefen Fahrwassers liegt
der Kompromiß, der gehoben werden muß.

Gestern sagte ein Kollege, er hat am Wochenende einen Entschluß
gefaßt. Er will schwere Waffen liefern und hat seine Spitzhacke und
die Spaten dafür aussortiert. Maue Witze sind nicht hilfreich. Aber
man kann den ganzen Tag nicht weinen und jammern.

In der Zeitung lese ich, daß weiter verhandelt wird. Den Mann mit
der Friedenshand gibt es also noch. Ich stehe auf und will mich auf
den Arbeitstag vorbereiten. Bin ich wach oder ist alles nur ein
Traum? Da kommt ein Vogel geflogen.

*Der Morgenstern*

Über Pfingsten las ich den Roman "der Morgenstern" von Karl Ove Knausgard. Ich wollte meine Kinder für diesen berühmten zeitgenössischen norwegischen Schriftsteller begeistern und fing in der Küche lebhaft an, die Story auszubreiten. Am Tisch entspann sich eine Diskussion über Weltliteratur. Können Jugendliche von heute die Qualität von Literatur erkennen? Spüren sie den Genuß beim Lesen von Hemingway o.a.? Wir fallen auf das Thema Zeit zurück. Was fange ich mit meiner Zeit an? Die Diskussion führt zu den ultrakurzen Filmchen von TikTok und youtube. Sie sind aufregender und können schneller konsumiert werden, die Literatur verliert. Die Welt der Bücher zieht an vielen Jugendlichen unerkannt vorbei.

Im Roman von Knausgard werden mehrere Personen in ihrem norwegischen Alltag begleitet. Ein Bindeglied in den Geschichten ist das Erscheinen eines neuen Sterns, des Morgensterns. Er ist riesengroß, unbegreiflich. Ist er ein Glücksbringer oder ein Bote des Unterganges? Parallel scheint das Ökosystem aus den Fugen. Tausende Krebse laufen ins Meer, Wolken von Marienkäfer bedrängen die Menschen, unheimliche Vögel tauchen auf. Es kommt einem vor wie das Ende der Welt. Der Zauber des Buches ergibt sich, weil eine unwirkliche Sache, der Morgenstern, in den Alltag eingeführt wird und die Reaktionen der Menschen darauf erzählt wird. Der Stern entfaltet eine Art Zauberkraft. Er ist ein Zeichen, der ein neues anderes Licht auf die alltäglichen Probleme wirft. Neue Lösungen werden sichtbar. Solch ein Zaubermittel bräuchte man heute an vielen Stellen. Ein ähnlicher Trick mit einer Zauberkraft fällt mir von dem Franzosen d'Alembert ein. Er hatte im 18. Jahrhundert in die Technische Mechanik das Prinzip der virtuellen Arbeit eingeführt. Mit virtuellen Kräften werden Gleichungen erstellt und gelöst. Seine Gedankenkonstruktionen sind Annahmen und Postulate, die scheinbar willkürlich sind. Trotzdem werden damit Probleme gelöst. Heute brauchte es einen neuen d'Alembert bzw. eine solche Methode um verfahrene Fälle zu lösen.

Krankheiten haben die Erde mit ihren 200 Staaten befallen. Wenn jetzt ein Morgenstern auftauchen würde, was müßte der alles heilen? Wer kann sich diese neue Zauberkraft ausdenken oder verkörpern? Vielleicht der Papst als Gottes Stellvertreter auf Erden? 1076 ging König Heinrich IV. In Sack und Asche über die Alpen nach Canossa. Er flehte um Wiederaufnahme in die Kirche, er war exkommuniziert worden. Diese Demut war ein Attribut, das dem König zusätzliche Autorität verlieh. Die Großen hörten auf ihn. Könnte der Papst nicht heute in Sack und Asche vor die Streithähne treten und sie beschwichtigen? Könnte er nicht allen bösen, streitsüchtigen, eigensinnigen Menschen gegenübertreten und um Frieden bitten? So wie Jesus, der das Böse auf seine Schultern nahm, gekreuzigt wurde und damit die Menschen rettete. Die biblische Geschichte ist eine schöne Geschichte. Sie ist aber so unwirklich wie der Papst in Sack und Asche oder Schafböcke, die sinnlos ihre Hörner aufeinander knallen.

Es geht um die Beeinflussung der Menschen in ihren Vorstellungen. Das Leben findet in unserer Vorstellung statt. Das Leben ist Fiktion. Dieser Umstand wird ständig in Filmen, Büchern, Comics, Leitartikeln, Dokumentationen, Theatern genutzt. Die Augen sind die Schlüssellöcher, durch die das Licht auf die innere Welt fällt. Die Ohren sind die unterirdischen Gänge, durch die man nach draußen kommt. Welches Licht lassen wir hinein? Vielleicht ein neues Medienprodukt. Welcher Politiker ist der neue d'Alembert?


Wenn es nicht der Papst ist, kann es einer von den Großen sein. Onkel Sam, Meister Chi oder Mister Indie. Nur einer der Großen hat die Kraft, den Willen der Streithähne in friedliche Bahnen zu

lenken. 1990 dachte Onkel Sam alias G.Bush, jetzt prosperieren alle
Länder und leben in Harmonie. Nach westlichen Vorbild. Alles in
Butter. Dabei existieren viele Lebensmodelle nebeneinander. Die
Bevölkerung der Erde wächst, jeder will was vom Kuchen. Handel
durch Wandel ist ein plausibles Mittel. Und doch setzt sich
vielerorts die Kraft des Stärkeren durch, der moralische Bedenken
ignoriert. Die moralische, humanistische Kraft der Reden, die
Aufrufe, Sanktionen und Drohungen werden leider überschätzt . Es
werden neue Mauern gezogen, Positionen verhärten sich. Armeen
werden hochgerüstet. Russland zitiert den 21 jährigen Krieg mit
Schweden, China hält Taiwan für eigenes Territorium, Serbien
erkennt das Kosovo nicht an. Das sind klare Statements für Krieg.
Diese Äußerungen müssen als klare Kriegsvorbereitung erkannt und
gebrandmarkt werden. Die Verantwortung der Großen in dieser
Öffentlichkeitsarbeit ist wichtig.

Sich in Fiktion und seine eigene Vorstellungswelt zurückzuziehen
kann helfen. Allerdings nur mir. Auf einen neuen d'Alembert zu
hoffen ist ebenfalls nur ein Traum. Wir halten die Augen, Ohren,
den Geist offen und bleiben nüchtern realistisch.

*Ein Denkmal*

Anfang Dezember in der Vor- Pandemie- Zeit fand wie in jedem Jahr in unserem Betrieb eine Weihnachtsfeier statt. Als die Stimmung ihren Höhepunkt erreicht hatte (das traditionelle Weihnachtsessen mit Gänsekeule und Rotkohl lag schon in den Bäuchen) trat der Werkleiter ans Mikrofon. Er wollte noch eine lustige Geschichte vortragen. Im Nachhinein leuchtet sie jedoch in unterschiedlichen Farben. Sie ging so:

Die alten Russen haben eine Geschichte, die vom Wolf und dem Hasen im Wald erzählt. Sie beschreibt ein bißchen die Tragik des einfachen Menschen, der in die Mühlen der Geschichte gerät.
In einem Wald erlegten mehrere Wölfe einen kapitalen Hirsch. Sie begannen, ihn zu zerreißen, da tauchten plötzlich andere Wölfe auf. Die Wölfe stellten sich kampfeslustig vor ihren Schatz, die anderen riefen aber nur: "Wir brauchen euch! Wir haben ein Rudel Wildschweine eingekreist, doch allein schaffen wir es nicht. Kommt schnell helfen."
Die Wölfe waren ungehalten, doch sie willigten ein. "Wir müssen unseren Hirsch sichern" überlegten sie. Da sah einer der Wölfe einen Hasen hinter einem Strauch. "Komm her, Hase!" rief ein Wolf. Der Hase schlotterte vor Angst, kam aber langsam aus dem Gebüsch. "Du bewachst unseren Hirsch. Wehe, du frißt ihn auf. Wir sind bald wieder hier." Dabei stierte er den Hasen grimmig an. Die anderen Wölfe zogen an dem Fell des Wolfes. Sie wollten die Angelegenheit mit den Wildschweinen schnell hinter sich bringen und rannten los. Die Antwort des Hasen, daß er kein Hirschfresser sei, hörte der Wolf nicht mehr. Er beeilte sich, den anderen zu folgen.
Der Hase saß neben dem toten Hirsch und zitterte. Er traute sich nicht wegzulaufen. Nach kurzer Zeit kamen andere Wölfe. Sie

scherten sich nicht um das Bitten und Betteln des Hasen und fraßen den Hirsch auf.

Einige Stunden später kamen die Wölfe zurück. Sie schrieen den Hasen an: "Wo ist der Hirsch? Du hast unseren Hirsch aufgefressen!" Der Hase hub an, das Drama mit den Wölfen zu erklären. Er hatte große Angst und sich eine lange Rede überlegt. Die Wölfe achteten nicht darauf und machten kurzen Prozeß mit dem Hasen.

Einige Tage später machte die Geschichte von dem Hasen und dem Hirsch im Walde die Runde. Die anderen Wölfe brüsteten sich und lachten über den Hasen, der einen toten Hirsch bewacht hatte. Die Unschuld des Hasen war offensichtlich.

Die Wölfe trafen sich wieder und berieten. Sie hatten ein schlechtes Gewissen. "Wir hätten den Hasen nicht fressen sollen, das war falsch." - "Wir müssen ihm irgendwie Gerechtigkeit geben." Nach längerer Diskussion hatte ein Wolf eine Idee. "Wir errichten ihm ein Denkmal. Für gefallene Hasen. Wir müssen ja nicht die ganze Geschichte draufschreiben." Und so geschah es. Das Denkmal wurde errichtet und die Tiere im Wald gedachten noch lange des tapferen Hasen. Die Umstände seines Todes waren bald vergessen.

Der Werkleiter machte eine Pause. Er sah in die Runde, konnte aber noch keine Reaktion erkennen. Er rundete seine Geschichte kurz ab.

Die Moral der Geschichte
1. Wenn du in einen Konflikt hineingezogen wirst, der dich nichts angeht, dann bleib nicht tapfer auf einem sinnlosen Posten stehen und opfere dein Leben.
2. Wenn du unschuldig in solch einem Konflikt dein Leben verlierst, bekommst du wenigstens ein großes Denkmal gesetzt.

Der Werkleiter endete abrupt. Es gab etwas irritiendes Lachen, dann Klatschen einiger Mitarbeiter in den vorderen Reihen. Der Sinn des Vortrages hatte sich keinem so richtig erschlossen. Die Weihnachtsfeier ging trotzdem lustig weiter.

Der Auftritt des Werkleiters hinterließ keine Spuren im Gedächtnis der Mitarbeiter. Jetzt, nach so vielen Jahren sowieso nicht mehr. Es war alles ein bißchen aus dem Zusammenhang gefallen.

(Die Geschichte hat nichts mit dem Krieg in der Ukraine zu tun. Es ist eine russische Geschichte aus dem letzten Jahrhundert.)

*Was soll ich bloß machen?*

In ein paar Monaten ist es soweit. Das Leben schmeißt mich raus. Nicht komplett, nur aus dem Arbeitsleben. Die meisten freuen sich ja auf die Rente. Endlich Blümchen züchten, ausschlafen, faulenzen. Ich freue mich, aber ein bißchen Bammel habe ich auch. Der durchgeplante Tagesablauf ist futsch. Letztens träumte ich, daß meine neuen Herausforderungen ein Abbild meiner Kindheitsträume sein könnten. Schildkrötenpanzerfahrer. Aber das ist unrealistisch, wo finde ich in Berlin eine Schildkröte? Erstmal sollte ich die gesellschaftspolitisch relevanten Herausforderungen angehen. Ich könnte mich als  Prioritätenlistenverteiler oder Bruttosozialarbeiter versuchen. Wichtig sind heute auch Klimawandler, Weltfriedensstifter, Gedankenbrückenbauer oder Rechtsträger. Einiges scheint mir zu anspruchsvoll wie Ingenieur für Planungssicherheit, Mitarbeiter im Zentrum für Politische Schönheit oder Professor für angewandte Resilienztechnik. Es sind weiterhin gefährliche Angebote auf dem Markt. So finde ich Börsenhaifänger, Bleistiftminensucher, Duftgranatenentschärfer, Darknetfischer und Cyberarmeeberater nicht ohne. Die neuen Medien sind überall präsent. Das Arbeitsleben verändert sich. Neue Herausforderungen verstecken sich hinter Berufsbezeichnungen wie Unvorstellbarkeitstheoretiker, Verifizierungssachverständiger, Quantensprung-vermesser, Datenschmutzentferner, Gedankenfotograf, Quintessenzzubereiter oder erneuerbarer Arbeitsplatzgestalter.

Zu depressiv sollte es auch nicht sein. Die Arbeit soll Spaß machen. So ziehen mich  Kolateralschadengutachter, Eigensargtischler, Heimwehtherapeut oder Beziehungsklempner bloß runter. Bei meiner Recherche fand ich auch kriminelle Angebote. Rentnerverunsicherer, Konkursvorbereiter,

Finanzjongleur, Weltfluchthelfer, Apfelsinenerpresser, Arbeitsabwehrspezialist, Beutelschneider oder Kulanzbuchhalter finde ich grenzwertig. Als windige Angebote stufe ich ebenfalls ein Obsoleszenzplaner, Imponderabilienhändler, Bürokarnewahlbeobachter und Schutzbehauptungsexperte.

Einige Angebote klingen für mich sehr interessant. Ich würde zugreifen bei Glücksschmied, Glücksmomentearchivar, Nervenkostümbildner, Sonnenuhrsteller, Anstandesbeamter, Heldengestalter, Kunstsackverständiger oder Theaterkartenabschnittsbevollmächtigter, Wünschelrutengänger.

Bei anderen Angeboten bin ich mir noch im unklaren. Ich werde mir vom Arbeitsamt mehr Informationen einholen müssen für Körperentmüllungstechniker, Filmvorfühler, Eigenwillendetektor, Quotenfrauenbeauftragter, Verkehrsstrombremser, Irrgärtner, Jägermeister, Umfallforscher, Wasserkreisläufer, Inkontinenzmuskeltrainer oder Frontschweinezüchter. Einiges klingt interessant, ist aber nichts mehr für mich. So werde ich nicht mehr ein Schönheitsköniginpersonenschützer, Swimmingpoolkampftaucher, Donnerbalkenlackierer, Trittbrettfahrdienstleiter, Quellwassersommelier oder Samenbankputzer. Wenn nichts klappt probiere ich es halt als Gewohnheitstierpfleger, Internettigkeitenausträger, Gesprächsniveausenker, Nasensteinbrecher, Nachtischvollstrecker, Schokoeisbrecher, Sonnenbrandmelder, Tortenheber oder Preisausträger. Eines sind wir ja sowieso schon: Überlebenskünstler.

Es gibt in der Rente noch viel zu tun. Es wird nicht langweilig.

Wenn du ein Problem siehst, sag nein. Warum ich dieses Problem nicht lösen kann:

1. weil ich keine Zeit habe
2. weil es größere Probleme gibt
3. weil ich auf die Entscheidung des Chefs warte
4. weil ich nicht zuständig bin
5. weil es für mich kein Problem ist (welches Problem?)
6. weil ich noch größere Probleme ans Licht ziehen könnte
7. weil ich erst eine Prioritätenliste machen muß
8. weil das Problem schon vor einem Jahr gelöst wurde und man sich daran halten soll
9. weil das Problem zu kompliziert ist
10. (weil ich das Problem nicht verstehe)
11. weil in das Problem zu viele Bereiche verwickelt sind
12. weil die Lösung des Problems zu teuer ist
13. weil der Kollege xxx nicht mitmachen will
14. weil die Lösung des Problems für nächstes Jahr geplant ist
15. weil die Lösung des Problems zu lange dauert
16. weil ich keine Lust habe
17. weil ich weiß, daß alle dagegen sind
18. weil sich das Problem in vier Wochen von selbst erledigt hat
19. weil mein Kopf brummt
20. weil jeder mit denselben Problemen kommt und es selbst tun könnte
21. warum ich???
22. weil die Zeit für die Lösung des Problems zu kurz ist
23. weil ich fühle, daß es Unglück bringt
24. weil wir schon 10 Jahre mit dem Problem leben

25. weil keine Probleme langweilig sind
26. weil dieses Problem eine Vorbedingung für wichtige Aktivitäten ist
27. weil ich ohne das Problem zu schnell fertig bin
28. weil, wenn ich das Problem löse, noch viel schrecklichere Probleme kommen
29. weil dieses Problem immer Kollege xxx löst
30. weil der Kollege xxx es besser kann
31. weil das Problem auch seine guten Seiten hat
32. weil ich mich nicht herausheben will
33. weil, wenn ich das Problem löse, ich nicht weiß, worüber ich mich Morgen ärgern soll
34. weil Kollege xxx sagt, er macht das
35. weil ich denke, es löst sich von allein
36. weil es nett ist, mit so einem Problem zu leben
37. weil ich überarbeitet bin

es gibt 1000 gute Gründe, ein Problem nicht zu lösen

# Lüge

Gestern las ich in der Zeitung, daß ein Auto in München mit
Wasser vollgetankt wurde und damit bis Berlin fuhr. - Das ist
doch eine Lüge. - Nein, keine Lüge. Übrigens war der
Benzintank noch voll.

Lüge ist ein starkes Wort. Und ein oft genutztes Wort. Lügen
kommen überall vor. - Hallo, wie geht's? - Gut. - (Das ist doch
gelogen. Er sieht aus wie der Tod auf Latschen.) / der Arzt
nach der Untersuchung: Damit können Sie noch sehr alt
werden. / Schmeckt das Essen? - Hervorragend. / ein junges
Pärchen im Park: Ich liebe dich bis in alle Ewigkeit. - Ich dich
auch.

Ein Freund bemerkte letztens, daß Neugeborene nicht lügen
können. Erst im Alter von zwei Jahren kann man beobachten,
daß sie bewußt falsches sagen. (Hast du das umgeworfen? -
Nein. - Ich hab's gerade gesehen.) Psychologen behaupten,
daß jeder Mensch täglich mehr als zehnmal lügt. Ist das
schlimm? Wie verhalte ich mich im Einstellungsgespräch? Es
ist ein Wettkampf zwischen dem Profi von HR und meiner
intuitiven natürlichen Schläue. Er erkennt doch sofort meine
Lügen. Muß ich mich schlecht fühlen?

Lüge ist doch etwas, wenn jemand nicht die Wahrheit sagt,
oder? Was ist denn die Wahrheit? Ich denke an das Verb
wahrnehmen. Es impliziert, alles was mir vor Augen und
Ohren kommt ist wahr. Stimmt das? Wahrheit ist lt.Wikipedia
das Faktum, sind die Fakten, die die Realität beschreiben. Sie
wird gemeinhin als die Übereinstimmung von Aussagen oder
Urteilen mit einem Sachverhalt, einer Tatsache oder der
Wirklichkeit im Sinne einer korrekten Wiedergabe

beschrieben. Die Wahrheit wird als Aussage von Menschen infolge der Betrachtung und Einschätzung der Wirklichkeit verstanden. Sie kann sich unterschiedlich darstellen.

1) Das Feststellen von Fakten. (Ich esse Brot.)
2) Das Verbinden von Fakten, das Ziehen von Schlußfolgerungen und werten dessen. (Ich esse oft und nehme zu. Ich bin zu dick.)

Die Wahrheit ist vom konkreten Menschen geprägt, also subjektiv. Sie kann durch Konsens validiert werden, sie ist aber nicht per se vorhanden. Wenn sich jemand auf's Feld stellt, ohne Publikum und Lügen erzählt, wird es vielleicht aus der Ferne als Singsang oder Kauderwelsch aufgenommen, nicht als Lüge. Es hat keine Konsequenzen. Genauso mit der Wahrheit. Wenn sie keiner hört wird sie nicht bestätigt.

Die Lüge ist nicht das Gegenteil der Wahrheit. Eine halbe Wahrheit ist auch eine Lüge. Die Lüge ist von Menschen gemacht. Von mir, von anderen, für mich, für andere. Das Wort Lüge hat viele Schattierungen. Eine Aussage kann zur Lüge werden, wenn Fakten nicht bekannt sind. "Das ist doch ein guter Mensch, der kann keiner Fliege etwas zuleide tun. - Er ist ein überführter Mörder." Die erste Aussage ist eine unschuldige Lüge, sie wurde wider besseres Wissen getroffen. Sie ist für den Sprecher eine Falschausssage, jedoch für die Angehörigen des Opfers eine Lüge. Der Sprecher war sich des Fehlers nicht bewußt. Dann gibt es die stille Lüge. Ein Lamm läuft in der Dunkelheit in den Wald. Ich weiß, daß dort ein Rudel Wölfe lauert. Ich warne nicht. Die Lüge entsteht hier durch weglassen, nicht beachten, verdrängen von Fakten. Wenn jemand bewußt etwas falsches sagt und damit den anderen täuscht ist es eine laute Lüge, z.B. 2018 die Aufforderung an Dschamal Kashoggi, im Konsulat in Istanbul

das Einreisevisum unversehrt abholen zu können oder 2003
die Aussage, Saddam Hussein hat Atomwaffen, wir müssen
den Irak angreifen. Wenn ich zuhause anrufe und sage, es wird
minimal später, obwohl ich im Stau stehe, ist das eine Notlüge.
Wenn die Kinder nicht zur Oma wollen sage ich: Oma hat
einen leckeren Kuchen gebacken. Auch eine Notlüge. Wenn
jemand nicht fotografiert werden möchte geschieht das u.U.
aus Scham. Er fühlt sich unwohl dabei. Er findet auch eine
Notlüge.

Politikern wird unterstellt, daß sie ständig lügen. Alle sind
verlogen. Dabei sind sie die Eiertänzer. Eine große
Menschenmenge hat sie gewählt, hat ihnen Entscheidungs-
vollmacht übertragen, hat eventuell selbst vor dieser
Verantwortung gekniffen. Da in jeder Menschenmenge eine
riesige Bandbreite von Meinungen existiert, der Politiker es
aber allen Recht machen soll, kann er nur auf Eiern tanzen.
Einige müssen zerbrechen. Der kluge Politiker ist der, der die
Entscheidung subtil zurückspiegelt, Umfragen und Referenden
abhält. Wenn die Prozentzahlen publiziert werden fragt er:
wollen wir wirklich den (60)% nachgeben und dies
durchführen und die (40)% brüskieren?

Lüge ist auch der Moral verpflichtet. In südlichen Ländern
sind in manchen Städten streunende Hunde eine Landplage.
Aus ökonomischen Gründen werden sie  geschreddert,
sterilisiern ist zu teuer. Ratten werden ja auch vergiftet. Ist das
wahr oder eine Lüge? Aussagen in der Religion werden als
wahr gelabelt. Sind sie wahr oder Lüge? Ein wichtiger Teil im
Christentum sind die 10 Gebote. Das 8. Gebot sagt: Du sollst
nicht falsch Zeugnis reden wider deinen Nächsten. Was ist
das? Wir sollen … unseren Nächsten nicht belügen, verraten,
verleumden oder seinen Ruf verderben … Das wird

übereinstimmend als wahr anerkannt, da damit das Zusammenleben erleichtert wird.

Ich will den Wohlstand hier genießen. Die Entstehungsbedingungen blende ich aus. Die Welt ist halt komplex, kompliziert, vielgesichtig, überhitzt. Eigentlich müßten alle irre werden. Ich kann mich nicht für den ganzen Kosmos verantwortlich fühlen. Ich ignoriere oder belüge mich selbst. Stimmt das? Es werden von vielen Menschen Erwartungen in die Zukunft gesetzt, die irreal sind. Aussiedler träumen von einem Land, in dem Milch und Honig fließen und es friedlich ist. Belügen sie sich selbst?

Wahrheit und Lüge werden oft vor Gericht diskutiert. Angehörige brauchen vor Gericht nicht aussagen, wenn sie sich damit selbst belasten. Die Anwälte stellen das Geschehen unterschiedlich dar. Sie suchen Details in der Vorgeschichte. Eindeutige Schuldzuweisungen werden tönern oder brechen zusammen. Es wird versucht, Fakten bewußt falsch auszulegen oder zu verdrehen. Werden die Wahrheit oder die Lügen vor Gericht offenbar?

Objektiv können die Medien Zeitung, Funk und Fernsehen mit den Informationen, die sie haben oder weglassen, nicht die Wahrheit verkünden. Sie bringen ihre Wahrheit, von der sie annehmen, daß sie akzeptiert wird. Die Aufgabe des Konsumenten ist, die Intention des Mediums zu erkennen. Ist es eine unschuldige, eine stille, eine laute Lüge, eine Falschaussage oder für mich korrekt?

Um zu erkennen, ob eine Aussage eine Lüge ist bedarf es mehrerer Bedenken. Zum ersten der Bildungsaspekt. Kann ich mit meinem Wissen Lügen erkennen? Sind die Aussagen naturwissenschaftlich Blödsinn? Zweitens habe ich eine moralische Vorprägung, d.h. daß ich aufgrund von Vorurteilen

Lügen sehe oder eben nicht? Drittens die aktuelle Stimmung bzw. meine Empfindsamkeit. Am Montagmorgen habe ich immer ein Stimmungstief, es geht alles schief. Wenn ich eine schwarze Katze sehe, schaue ich, ob sie von rechts oder von links kommt. Danach richte ich mein Verhalten. Viertens der bewußte Vorsatz. Die beiden Verliebten Romeo und Julia dürfen nicht heiraten, es werden Intrigen am laufenden Bande gegen das Verhältnis geschmiedet. Oder der Autoverkäufer, der das Auto lobt ohne den Vorschaden zu berichten. Alle Aspekte beeinflussen meine Bewertung.

Für die Erkenntnis bzw. Wertung einer Lüge kommt es hauptsächlich auf die eigene innere Einstellung an. Kann ich mir selbst vertrauen? Belüge ich mich selbst? Will ich mich selbst belügen bzw. will ich belogen werden? (die Königin in Schneewittchen: wer ist die Schönste im ganzen Land? / an der Theke: Ein Bier geht noch.) Wenn ich praktiziere, mich selbst zu belügen, unterstelle ich dem Nächsten auch schnell das Lügen.


Ich kann nicht alle Fakten kennen. Ich kann deshalb objektiv gesehen nicht immer die richtigen Schlußfolgerungen ziehen und werten. Es bleibt immer Unsicherheit. Lügen sind wie Wahrheiten subjektive moralische Kategorien. Wer sich selbst bewußt ist findet auch hier den rechten Weg. Das ist nicht gelogen.

## Grau

Im Juni las ich in einer Zeitschrift eine Notiz zu einem neuen Buch von Peter Sloterdijk "Wer noch kein Grau gedacht hat". Der bekannte Philosoph hat die Farbe grau ausführlich behandelt. Ich kaufte das Buch für den Urlaub.

Grau ist langweilig und fade. Grau ist keine Farbe, es ist ein Zwitter. Grau ist eine Mischung aus schwarz und weiß. Da diese keine Farben sind kann grau auch keine sein.
PS lehnt sich mit seinem Buchtitel an ein Zitat des Malers Paul Cezanne an der sagte: "Wer noch kein Grau gemalt hat ist kein Maler." Also wer noch kein Grau gedacht hat ist kein Philosoph. Der Satz ist eine Provokation, typisch für einen Philosophen.
PS kennt die Attitüde, daß ein Philosoph grundsätzlich Recht haben will mit seinen Gedankendrechseleien. Doch es ist nur ein Standpunkt. Wie ein Kolibri mit seinen Flügeln schlägt PS mit Wortkonstrukten und fremden Wörtern um sich. Es kann einem schwindlig werden. Man muß rechtzeitig seinen Kopf ausschütteln, damit nicht zuviel Blödsinn hängen bleibt.

In dem Buch schreitet PS viele Aspekte des Themas ab. Er beschreibt, daß grau aktuell die Modefarbe ist. Grau ist der Höhepunkt und das ultimative Understatement. Der Konsum wird mit der Modefarbe grau angestachelt. Grau begegnet uns als silbergrau, aschgrau, Jumbograu, ozeangrau, wettergrau, himmelsgrau, Novembergrau, Februargrau, steingrau, schattengrau, mausgrau, mörtelgrau, dunkelgrau, eselsgrau, mönchsgrau, klostergrau, bleigrau, schwarzgrau, Chamonixgrau, Nardograu, Daytonagrau, Phantomgrau, betongrau, nebelgrau, stahlgrau, staubgrau, Unfallgrau,

fahlgrau, höhlengrau, altgrau, felsgrau, Quantumgrau,
leichengrau, trauergrau, Packpapiergrau. Grau ist bestimmend
in den Wörtern graue Eminenz, graue Zellen, Grauschleier,
Grautöne, Graubrot, graue Vorzeit, grauer Alltag, graue
Masse, grau meliertes Haar. Als Verb hat es eine negative
Konotation. Mir graut davor. Das Grauen gebiert Gräuel. Es
gibt eigenartigerweise nur Morgengrauen, kein Abendgrauen.

Goethe hat sich intensiv mit der Farbenlehre beschäftigt. Er
hat diese Arbeit angeblich höher eingeschätzt als sein
literarisches Werke. Er stritt sich mit Isaac Newton über die
Eigenschaften des Lichtes. Seiner Meinung ergibt schwarz und
weiß ein reines grau. Die Mischung aus blau, rot, violett u.a.
ergibt dagegen ein schmutziges grau. Physikalisch heißt weiß,
daß alles Licht von dem angestrahlten Körper zurückgeworfen
wird. Ein schwarzer Körper verschluckt alles Licht. Ein
Schatten erscheint grau, wenn etwas Licht indirekt um den
Körper scheint. Der Körper verdeckt die Lichtquelle. Grau ist
unfaßbar.
Einen großen Teil in der Ausarbeitung von PS nimmt die
Religion ein, wo er das Grau in Erscheinung und Denken
festgefahrene Strukturen und Denkmuster beschreibt. PS läßt
eine Menge Philosophen auferstehen. Er beginnt mit Platons
Höhlengleichnis, führt zu Heidegger, Hegel, Kant, Cioran,
Camus u.a. Es folgt die Politik. Graue Eminenzen und Berater
wie Kardinal Richelieu oder Mr. Poindexter, der für Reagan
und Bush unverzichtbar war genauso wie Bucharin für Stalin.
Alle wirkten im Hintergrund, in der Grauzone.

PS leitet den Begriff Bürokratie her. Ein Höhepunkt ist
Kafkas Roman "Der Prozeß", in dem sich der Protagonist in
den grauen Fluren einer Behörde verliert. Grau steht für
Gleichgültigkeit, Neutralität, Inhaltslosigkeit. Grau ist eine

Zustandsbeschreibung bzw. Stimmungsbeschreibung. PS versucht, die Ideologie einzubinden. Es werden Prozesse als grau beschrieben, wenn sie träge und abgestumpft sind. Er kommt vom Faschismus zum Sozialismus/ Kommunismus. Strukturen und Prozesse vergrauen. Er hat intensiv über die graue DDR geschrieben, die Vergrauung der Verhältnisse im Sozialismus. Er hat jedoch das Kapitel ausgelassen, in dem dasselbe über die BRD gesagt wird. Er wurde halt im Westen sozialisiert.

Als Anleihe aus der Physik postuliert PS, grau verkörpert das höchste Maß an Entropie. Entropie bedeutet in einem System das geringste Maß an Unordnung. Es gibt die geringsten Unterschiede von Energieinhalten in den Teilbereichen, der Temperaturausgleich ist abgeschlossen. Die Informationskenntnisse in der Gesellschaft sind auf gleichem Niveau. Das Unbestimmbare, Nebulöse, das Melancholische dominiert. Es findet im grauen Alltag eine Vergleichgültigung, Verflachung, Vereinfachung statt. Mittelmaß dominiert.

Aus der Antike holt er den Begriff Adiaphorismus. Dieser behandelt die Menge an indifferenten Dingen, Dinge die neutral sind, weder gut noch böse, die sich nicht einordnen lassen. Die Farbe grau führt direkt zum Nihilismus, zum Verneinen. Doch ist grau so negativ? Wenn alles ausdifferenziert wird, wenn es keine Grauzone gibt, wird die Umgebung zu vielfältig, zu komplex. Grau ist notwendig.

Grau ist keine Farbe, es ist eine mentale Einstellung. Wie schaue ich die Welt an?
PS enthüllt den grauen Mahlstrom der Zweifel. Wir kreisen in Gedanken immer um den Schlund "Was soll das? Ist das sinnvoll?" Oben sehen wir das Licht, das ist schwer zu erreichen. Wir bleiben in der grauen Wolke. Die Welt ist aber

bunt und in ständiger Veränderung. Der Mensch ist wie ein
Regentropfen, der aus der Wolke, aus dem Himmel fällt. Auf
seinem Weg in den Orkus wird er zu einer Schneeflocke,
einem Hagelkorn, einem dicken Tropfen, einem winzigen
Nebeltropfen oder er ist aufgelöst in schwülem Dampf der
Menschenmenge. PS dokumentiert, daß alle Wertungen
möglich sind. Das Für und Wider, das Pro und Contra, oben
und unten. Grau ist mal die Weltuntergangsfarbe, Dystropie,
mal die Zukunftsfarbe, die alles beinhaltet. Es kann der
Höhepunkt bzw. Endpunkt der Entwicklung sein. Eine bunte
Pflanze, die zum Baum wird, ist dazu verdammt, daß sie im
Wintergrau stirbt, erlischt und dem Boden gleich wird. Aus
dem Samen erhebt sich eine neuen Pflanze. Das Leben ist
dynamisch und grau. Es ist nur eine Zwischenstufe.

Einmal wird die Farbe grau jedoch positiv hervorgehoben.
Theodor Storm gibt eine Liebeserklärung an seine Heimatstadt
Husum. Grau und doch schön.


"Am grauen Strand, am grauen Meer
Und seitab liegt die Stadt:
Der Nebel drückt die Dächer schwer,
Und durch die Stille braust das Meer
Eintönig durch die Stadt.

Es rauscht kein Wald, es schlägt im Mai
Kein Vogel ohn Unterlaß;
Die Wandergans mit hartem Schrei
Nur fliegt in Herbstesnacht vorbei,
Am Strande weht das Gras.

Doch hängt mein ganzes Herz an dir,
Du graue Stadt am Meer;
Der Jugend Zauber für und für
Ruht lächelnd doch auf dir,
Du graue Stadt am Meer."

## Das letzte Abenteuer des 21. Jahrhunderts

Fast hätte ich es geschafft. Fast hätte ich es geschafft, mich an meinen Vorsatz zu halten. Ich gehe nochmal zu meinem alten Freund dem Kühlschrank und schaue nach, wovon ich mich verabschieden will. Das wird doch schlecht, das muß doch weg denke ich. - Nein! - Tür zu.

Ich habe typische Abwehrgedanken. Ich weiß natürlich, daß essen nicht nur Energie-zufuhr bedeutet. Essen belohnt, tröstet, putscht auf, beruhigt. Ich esse, wenn mir langweilig ist, wenn ich mich ärgere oder mich ablenken will. Aber essen tut meinem Körper nicht immer gut. Sehr oft nicht gut.

Ein Bekannter hat letztes Jahr sieben Tage lang nur Wasser, Tee, Säfte und Gemüsebrühe zu sich genommen. Er ist in ein mondänes Seebad gefahren, hat 800,-€ ausgegeben, nur um in einem kargen Zimmer in einem Fastenhotel in einfacher Stille zu sitzen ohne zu essen. Er fand es super.

Ich weiß, fasten kommt von festhalten. Sich an sich selbst festhalten, sich an den eigenen Vorsätzen festhalten. Wer sich nicht festhalten kann ist haltlos. Ich werfe entgiften, spirituelle Klarheit, Selbstfindung in die Wagschale, doch das schwimmt vorüber. Ich denke: gute Idee – mache ich auch nicht.

Der Bekannte sagt, nach zwei drei Tagen ist der Hunger weg. Die vollen Regale des Supermarktes sind nicht mehr attraktiv. Der Bauch ist über den Berg. Verzichten macht auf einmal Freude. Ich sehe die Menschen anders. Viele sind gehetzt, Sklaven. Lebens-mittel machen suchtkrank. Menschen sind mitten im Überfluß traurig und einsam. Dabei sind die Menschen so angelegt, daß sie Phasen mit wenig oder gar keiner Nahrung gut überstehen. Sonst hätten sie in grauer

Vorzeit nicht überleben können. Der Körper setzt beim Fasten Selbstheilungskräfte frei.

Es beginnt mit einem emotionalen Tief. Die Hormonproduktion wird heruntergefahren. Dann plötzlich sehe ich mich und das Umfeld deutlicher. Ich beobachte mehr, werde sensibler, empfindsamer. Ich stelle meine Gewohnheiten infrage. Ich fühle, meinem Körper geht es gut. Meine Seele hungert auf einmal nach Neuem. Am Ende die Freude auf das Fastenbrechen. Ich kann ein Stückchen Apfel auch langsam kauen.

Es kann mir viel, viel besser gehen, wenn ich mich in das letzte Abenteuer des
21. Jahrhunderts stürze. Ich muß ja nur sieben Tage lang Wasser, Tee, Säfte und Gemüsebrühe trinken. Eigentlich ist es ganz einfach.


PS:
fasten geht nicht nur von Fastnacht bis Ostern. Alles geht ohne: Smartphone, TV, Allohol, Torte, Jürgen, spielen, faulenzen, Geld wegwerfen …


© 2022, Ekkehard Krüger
TWENTYSIX
Eine Marke der Books on Demand GmbH
Herstellung und Verlag: BoD – Books on
Demand, Norderstedt
ISBN: 9783740710965